KB130922

남기고 싶은 이야기들

남기고 싶은 이야기들

조판 1쇄 2022년 5월 13일
지은이 김진영
펴낸이 김영재
펴낸곳 책만드는집
—
주소 서울 마포구 양화로3길99, 4층(04022)
전화 02-3142-1585·6
팩스 336-8908
전자우편 chaekjip@naver.com
출판등록 1994년 1월 13일 제10-927호

—
ISBN 978-89-7944-803-0 (03810)

김진영 지음

남기고 싶은 이야기들

책만드는집

책을 쓰면서

이 글을 쓰기까지 오랜 주저와 망설임의 시간이 있었다.

주변의 많은 분의 권유가 있었지만 원래 자신을 내세우거나 자랑하는 데 부끄럽고 서툴러서 선뜻 마음을 낼 수가 없었다.

돌아보니 인생이 바다 같다는 생각이 든다.

사람도 왔다가 가고 밀물도 찼다가 빠진다.

그 모래 위에 몇 글자 남기는 게 무슨 의미가 있을까 하는 생각도 들었다.

이 글을 쓰기를 권유하던 어떤 분은 '우리가 함께 살아온 이야기'를 남기는데 무얼 그리 망설이냐고 핀잔을 주기도 했다.

'우리가 함께'라는 말이 마음을 움직였다.

공적인 삶을 그만두고 난 후 올해로 벌써 20년이라는 시간이 흘렀다.

얼마 전 작고한 이어령 선생의 글에서 '역사란 흘러가 버린 시간이 아니라 괴어 있는 시간이다'라는 말을 읽은 적이 있다.

부족하지만 이 글을 통해 그 괴어 있는 시간을 함께 돌아볼 수 있으면 좋겠다는 생각도 들었다.

돌이켜 보면 우리가 태어나고 자라고 묻히게 될 영주를 위해서 작은 힘이나마 바쳐 일할 수 있었다는 것은 행운이었고 영광이었다.

그 과정에서 많은 분께 갚을 수 없는 은혜를 입었다.

이 부족한 사람과 그 긴 세월 함께해 준 분들께 마음으로부터의 깊은 감사를 드린다.

2022년 봄

김진영 삼가

| 차례 |

2부 신뢰를 얻는 일부터

3부 굿바이, 여의도

4부 사람의 힘을 조금 보탰을 뿐

프롤로그

1999년 10월 7일. 그날, 영주시 적서동 179번지의 황량한 빈터에 사람들이 하나둘 모여들기 시작했다. 전날 밤, 비가 쏟아져 군데군데 생긴 웅덩이에 모래를 뿌려 덮은 곳들에다 임시로 차려진 천막들과 단상이 다소 어설펐지만, 언제 비가 왔냐는 듯 가을 하늘은 더없이 맑고 높았고 사람들의 얼굴은 웃음으로 가득했다. 곧 우리 지역 최초로 대통령 내외분이 참석하는 동양 최대의 KT&G 영주 공장 기공식이 열리는 날이었기 때문이다. 아직 공장을 지을 건설사도 정해지지 않고 설계도조차 마련되지 않은 해괴한 기공식이었다. 장관들과 KT&G 김재홍 사장과 함께 단상에 앉아 김대중 대통령의 축사를 듣는 동안 그날이 있기까지 1년여의 곡절 많았던 순간들이 주마등처럼 스쳐 지나가면서 깊은 감

김대중 대통령 내외분과 함께

회에 사로잡히지 않을 수 없었다.

지역의 지도자는 언제나 중앙정부나 기업들의 동향과 정보에 늘 안테나를 세워두고 있어야 한다는 게 국회의원이나 민선 시장에 재임하고 있을 때의 생각이었다. 그래야 변화에 발 빠르게 대처해 불리한 상황도 지역에 이익이 되는 방향으로 바꾸어 갈 수 있기 때문이다. 위기는 어떻게 하든 기회로 만들어야 하고 기회는 반드시 놓치지 말아야 하는 것이 지도자가 감내해야 할 책임이다.

불안한 정보가 포착된 것은 민선 시장 2기(1998~2002년)

가 막 시작되던 무렵이었다. KT&G가 기업의 효율성과 경제성을 높이기 위해 우리 지역 영주와 대구, 청주, 수원, 전주 등에 흩어져 있던 연초제조창들을 통폐합해 동양 최대의 제조창을 세울 것이라는 정보였다. 우리 지역으로서는 청천벽력과 같은 충격적인 소식이었다. 1970년에 휴천동에 세워진 영주연초제조창은 철도국과 더불어 30년 동안 우리 지역의 생명줄 같은 기업이었다. 이렇다 할 경제 기반이 전무하다시피 하던 그 시절에 500여 명의 직원과 그 가족들은 물론이고 지역 세수稅收나 주변 상권들에 미치는 영향이 막대했던 제조창이 사라진다는 것은 우리 지역으로서는 상상하기조차 싫은 재난이었다. 손을 놓고 고민에만 빠져 있을 수는 없었다. 영주의 행정과 시민들의 안전과 행복을 책임지고 있는 지도자로서 해야 할 일은 하나뿐이었다. '일어나 행동하라'는 것이었다.

그 무렵 더 절망적인 심층 정보가 포착됐다. 전주가 새로운 공장 후보지로 내정되었다는 것이었다. 제조창이 있던 대구, 청주, 수원은 물론이고 비밀리에 내정된 전주까지 모두 도청 소재지이고, 인구나 영향력을 미칠 수 있는 국회의원 수에 있어서 절대적으로 불리한 영주로 후보지를 바꾼다는 것은 누가 보더라도 불가능한 일에 가까웠다. 그러나 손을 놓고 있을 수만은 없었다. 새로운 제조창을 영주로 가져오는 데 모든 걸 걸어야겠다는 결심부터 해야 했다. 길고 힘든 싸움의 시작이었다. 유치를 위한 우리의 움직임이 노출되면 불리한 싸움이 더 불리해질 뿐이었다. 일단 시 간부들에게 비밀 유지를 당부하고 부시장에게 지역 업무를 일임하고 발로 뛰기 시작했다.

중앙 부처나 도청 등을 방문할 때 일관되게 견지해 온 내 원칙이 있었다. 비서진을 대동하지 않고 단기필마單騎匹馬로 움직인다는 것이었다. 아쉬운 부탁을 하러 가는 사람이 위세를 내세울 일이 없다는 생각이었다. 최초의 공략처는 KT&G, 담배인삼공사의 본부였다. 그 무렵 KT&G의 사장직은 공석이었고 나중에 사장으로 승진하는 김재홍 부사장이 책임자였다. 김 부사장에게 우리 지역의 절박한 경제 현실을 간곡하게 이야기하고 유치를 결정해 줄 경우 우리가 발 벗고 나서 여러 가지 편의를 제공하겠다는 약속을 제시했다. 일단은 유치하는 게 선결과제이므로 다소 약속을 부풀린 것은 물론이었다. 부지 조성은 물론이고 진입로 4차선 포장까지 약속했다. 나중에 우여곡절 끝에 유치에 성공한 후 예산 확보의 어려움을 핑계로 그들의 요구를 들어주지 않자 김재홍 사장과 건설단장이 혀를 차며 말했다.

"시장님이 국가기관을 상대로 사기를 치십니까? 우리가 당했네요. 됐습니다. 땅만 주세요."

지역의 이익을 위해서라면 도의적으로나 윤리적으로 크게 어긋나지 않는 한 일단 거래는 성사시키는 게 목적이라는 생각이었다. 그러나 그것은 영주 유치가 결정된 다음의 일이고 더 큰 난관들이 기다리고 있었다.

한 번의 면담이 끝난 후 김재홍 사장이 바쁘다는 핑계로 만나주지 않았다. 후보지가 전주로 낙점되었다는 비관적 정보가 들리기 시작했다. 이제 대통령이 아니면 되돌릴 수 없다는 확신이 들었다. 마침 그 시절 김대중 대통령 비서실장이 김중권 씨였다는 게 영주에는 한 가닥 기회일 수 있었다. 김중권 실장은 13대 국회에서 함께 의정 활동을 하며 끈끈한 관계를 이어온 사이였기 때문이다. 비서실장실을 끈질기게 찾아오는 내게 김 실장은 이미 내정된 후보지를 바꾸는 게 어려운 일이라고 난색을 표했음은 물론이다. 어느 날 김 실장이 물었다.

"김 시장, 당신이 오늘로 몇 번째 날 찾아왔는지 아시오?"

내가 고개를 젓자 그가 어이없다는 듯 말했다.

"오늘로 딱 열일곱 번째요."

그렇게 대통령비서실을 문턱이 닳도록 드나들며 그를 설득했다. 호남에 기반을 둔 민주당 정권에서 경상도 영주에 공장을 세운다면 저절로 동서 화합의 기틀을 마련하는 것 아니냐는 게 설득의 핵심이었다. 그러던 어느 날, 김 실장이 불쑥 서류 한 장을 내밀었다. 민주당 입당 원서였다. 순간 머리가 하얘지면서 많은 사람의 얼굴이 떠올랐다. 두 번의 시장 선거에서 돈도 없고 정당도 없이 무소속으로 출마한 김진영을 아무런 대가도 없이 헌신적으로 도와준 동지들과 시민들의 얼굴이었다. 그 시절 지역 정서로 볼 때 민주당 입당은 정치생명의 마지막을 의미한다는 것은 불을 보듯 뻔한 일이었다. 지역민들과 동지들의 의견도 묻지 않고 입당을 결정한다는 것은 예의가 아니었다.

그러나 순간 내 머리를 스쳐 간 생각은 이랬다.

'내가 시장을 왜 하나? 마르고 닳도록 시장 하려고 하나? 영주와 시민들을 위해서라면 다음 선거의 유불리가 무슨 상관이란 말인가? 다른 생각은 하지 말자. 영주를 위해서 이익이 되는 길을 가자.'

그렇게 생각하자 결정은 어려운 일이 아니었다. 더 이상 망설이지 않고 입당 원서를 썼다. 지역 시민들과 동지들에게는 비밀을 유지했다. 공장 설립지가 영주로 결정되기까지는 신중에 신중을 기해야 했기 때문이다. 그로부터 2주일 뒤쯤 김중권 비서실장으로부터 전화가 왔다.

"빨리 올라오소."

가슴을 두근거리며 물었다.

"왜요?"

"올라와서 얘기합시다."

김 실장의 대답에 '됐구나' 하는 생각이 들었다. 평소 동서 화합을 주장해 오던 김대중 대통령에게 영주시장의 입당 원서를 내밀며 현실적으로는 영남에 민주당의 깃발을 꽂을 수 없으니 동양 최대 규모의 공장을 영주에 세운다면 화합의 기틀을 마련할 수 있지 않겠느냐고 설득을 했다고 했다. 나의 입당 원서가 불쏘시개가 되어 불이 지펴진 것이었다.

대통령의 재가가 떨어졌지만, 청와대의 고민은 깊을 수밖에 없었다. 설립 예정지가 바뀌었다는 정보가 새어 나가면 각지각처에서의 항의와 반발이 쏟아질 것은 당연한 일이었기 때문이다. 김 실장과 논의해 공장 설립 용지 타당성 조사를 국내 용역회사에 맡기지 않고 미국의 맥킨지 용역회사를 선정했다. 보안을 위해서가 첫 번째 이유였고 객관성을 확보하기 위한 이유도 있었다. 공장 설계, 시공사 입찰 등 모든 과정이 철통 보안 속에 일사천리로 진행되었다. 설계도도 없고 시공사도 정해지지 않은 상태로 기공식부터 강행해야 했던 것은 대통령이 참석한 기공식을 하고 나면 영주 설립이 아무도 흔들 수 없는 불가역적不可逆的인 기정사실이 될 것이기 때문이었다.

드디어 1999년 10월 7일, 김대중 대통령 내외분과 유관 부서의 장관들과 비서진들이 참석하는 기공식이 열렸다. 우리 지역에 동양 최대의 연초제조창 설립이라는 도저히

기공식 축하 리셉션

불가능해 보이던 일을 가능하게 한 결단을 내려준 대통령께 영주시민의 감사와 환영의 뜻을 전할 아치와 현수막들을 설치하기 위해서는 대통령의 동선을 알아야 했다. 비행기로 오시면 예천 통로에, 자동차로 오시면 풍기 통로 초입에 아치를 설치하기 위해서였다. 경호실에 문의했지만, 대통령의 동선은 비밀이라는 답변이 돌아와 영주로 들어오는 모든 길에 세우기로 했다.

〈김대중 대통령님의 영주 방문을 진심으로 환영하고 감사드립니다! - 영주시민 일동〉

나중에 환영 리셉션 자리에서 한 비서관이 내게 다가와 넌지시 말했디.

"시장님, 기왕에 아치를 만드는데 대통령 다음에 '내외분'을 붙이는 게 좋았지 않겠습니까?"

아차, 하는 생각이 들었지만, 임기응변으로 변명 아닌 변명으로 응수했다.

"죄송합니다. 영주는 선비의 고장이라 안어른들을 내세우지 않는 전통이 몸에 배서 그렇게 된 것 같습니다."

비서관이 그 말을 듣더니 고개를 끄덕이며 웃음으로 넘어가 주었다.

환영 리셉션이 시작되고 대통령의 축사가 끝나고 시장의

환영사 차례가 왔다. 며칠 전부터 홍보과에 환영사 기안을 부탁했지만 좀처럼 마음에 드는 원고가 없었다. 고민 끝에 정해진 원고 없이 그냥 진심을 담아 감사의 말과 환영의 인사를 드리기로 마음먹었다. 감사의 마음을 담은 길지 않은 스피치는 다행히 많은 박수를 받으며 끝났다. 나중에 대통령 앞에서 원고도 없이 소위 프리 스피킹을 했다고 간도 크다는 말을 듣기도 했지만, 형식에 얽매이기보다는 진심을 담아 하는 말이 사람들의 가슴에 더 쉽게 다가갈 수 있다는 생각에는 지금도 변함이 없다.

우여곡절의 기공식이 그렇게 끝나고 이듬해(2000년) 12월

신제조창 착공식

22일, KT&G와 건설사 관계자들, 그리고 시민들을 모시고 정식 기공식을 해야 했는데 이미 대통령 내외분을 모시고 서둘러 해괴한 기공식을 했던 터여서 '신제조창 착공식'이라는 명목으로 행사를 열었다. 10만 4천 평의 용지에 우리나라 총생산량의 42%를 차지하는 15종의 담배를 연간 440억 본을 생산하는 동양 최대의 연초제조창은 그렇게 세워져 영주의 고용과 세수稅收에 가장 크게 기여해 오고 있다.

시민들을 위해 봉사해야 하는 공직에 있는 동안 내가 견지해 온 몇 가지 원칙이 있었다. 영주가 발전하고 살아남기 위해서는 무엇보다 인구 감소를 막아야 하므로 제조업과 기관들의 유치가 절실하다는 게 그 원칙 중 하나였다. 통폐합으로 사라질 위기에 처한 연초제조창의 명맥을 이으면서 훨씬 더 규모가 큰 신제조창을 영주에 유치하기 위해 모든 걸 걸었던 이유이기도 했다. 또 하나의 원칙은 진심을 다하면 세상의 그 누구라도 감동시킬 수 있다는 것이었다. 지치지 않고 열일곱 번이나 대통령비서실을 찾았던 내 진심이 청와대의 마음을 움직일 수 있었을 것으로 믿고 있다. 선공후사先公後私, 공직에 있는 사람은 자신을 비워 사심을 버리고 그 무엇보다 공익, 즉 시민들의 이익을 앞세워야 한다고는 스스로를 다그쳐 온 것이 또 다른 원칙이었다. 선거 때마다 아무런 대가도 바라지 않고 나를 도와온 분 중에는 나의 민주당 입당을 패착이었다고 나무라시는 분들이 없지 않다. 그분들의 우려는 현실이 되었다. 2002년의 민선 3기 시장 선거에서 보기 좋게 낙선했기 때문이다. 그러나 나는 정치공학적 계산도 하지 않고 민주당 입당 원서를 써버린 그 순간을 단 한 번도 후회한 적이 없다.

2차 세계대전을 승리로 이끈 영국의 총리 윈스턴 처칠은 말했다.

"나쁜 정치가politician는 다음 선거를 생각하고 좋은 정치인statesman은 다음 세대를 생각한다."

비록 다음 선거에서 3선에 실패했지만 지금도 민주당 입당 원서를 쓴 그 순간의 선택이 영주의 미래를 위한 최선의 선택이었다고 믿는다.

◆

1부

농부가 되다

연동골의 기억

내가 태어난 곳은 경북 영주군 문수면 적서리 연동골이었다. 해방되기 7년 전(1938년) 가을이었다. 연동골은 10여 호 남짓한 의성 김씨들이 집성촌을 이뤄 살아가던 작은 마을이었다. 마을 옆으로 서천의 물줄기가 흐르고 마을 앞 야트막한 산들과 다닥다닥 붙은 논배미들이 펼쳐진, 그 시절 여느 마을이나 다름없는 가난하고 허름한 풍경이었겠지만 또렷이 기억에 남는 사건들이나 장면들은 없다. 다섯 살이 되던 해에 아버지를 따라 일본의 나고야로 떠나야 했기 때문이다. 부산이었겠지만 난생처음으로 사람들로 북적대는 항구를 보았고 거기에서 커다란 배를 탄 기억과 검게 출렁이는 막막한 바다를 보며 느꼈던 무서운 기억만이 희미하게 남아 있다.

나고야에 정착한 아버지는 토건업을 하셨던 것 같다. 집안에는 늘 조선말과 일본말을 하는 40여 명의 인부들이 들락거렸던 기억으로 미루어 보아 아버지의 사업 규모가 꽤 컸던 것 같지만 인부들이 먹다 남긴 일본 술에 설탕을 타서 마시고 마루 같은 곳에 쓰러져 한참이나 정신을 잃었던 기억만이 생생하게 남아 있을 뿐이다.

할아버님은 민족종교였던 천도교에 심취하셨던 것 같다. 일본에 난리가 나니까 빨리 돌아오라고 아버지께 편지를 보내셨다. 사업체를 서둘러 정리한 아버지를 따라 다시 귀국하는 배에 올랐다. 돌아오는 배 위에서 큰 일본 군함들에서 비행기가 날아오르고 사격훈련 하는 모습을 보았다. 우리가 일본을 떠나온 뒤 패전을 눈앞에 둔 일본 전역이 미군들의 대내적인 폭격을 당한 걸 보면 할아버님의 선견지명이 놀랍기도 하다.

돌아온 지 얼마 뒤 해방을 맞았다. 일본 놈들이 물러갔다고 어른들이 만세를 부르던 모습이 어렴풋이 떠오른다. 그리고 해방되던 그해 나는 문수적동국민학교에 입학했다. 어머니가 만들어주신 검은 광목으로 지은 교복을 입고 작은 학교를 오가면서 우리말 글자를 배우고 셈본을 배우던 평화로운 날들을 처음으로 누려본 것 같다. 비가 많이 와 냇물이 불어나 외나무다리가 잠기는 날이면 건너편 학교에 못 가 바짓가랑이를 둘둘 걷은 채로 붉은 황토물을 바라보던 기억들도 남아 있다. 사랑방에는 늘 어르신들이 모여 계셨는데 할아버님이 맏손자 장가를 보내야 한다고 중매쟁이들이 들락거리기도 했다. 그런 평화로운 삶이 더 지속되었더라면 초등학교 4학년짜리 어린애가 장가를 가는 불상사가 벌어졌을지도 모르겠다.

아버님과 어머님

그러나 그 평화는 그리 오래가지 않았다. 초등학교 4학년의 봄이 다 가기 전의 어느 날, 할아버님이 아버지를 부르셨다.

"곧 난리가 날 터이니 바로 가솔들을 데리고 계룡산으로 들어가라."

할아버님의 말씀이 곧 법이었던 아버지는 나와 동생들을 데리고 서쪽으로 떠나셨다. 그리고 여름이 시작되면서 6·25전쟁이 터졌다. 지금 생각해도 할아버님의 예지력은 도력道力에 가까운 것이라서 신기하기만 하다. 아버지는 갓난쟁이 동생까지 있는 올망졸망한 5남매를 데리고 서쪽으로 내려가 계룡산에는 들어가지 못하시고 그 옆 대전에 짐을 푸셨다. 그리고 내 생애에서 가장 힘들었던 것으로만 추억되는 한 많은 사춘기의 대전살이가 시작되었다.

대전 블루스

할아버님의 분부가 계시긴 했지만, 아버지는 무작정 일본으로 떠나셨던 일도 그렇고, 낯선 환경을 두려워하지 않는 대담함과 모험심이 있으셨던 것 같다. 대전에 도착해 대전 대흥동 414번지에 위채와 아래채로 나누어지고 마당이 딸린 꽤 큰 집을 사시고 한약종상을 시작하셨다. 외할아버지가 한의원을 하신 이유에서였으리라. 나는 대흥국민학교 4학년으로 전학하고 낯선 학교에 적응을 시작했지만 거기서도 평온함은 오래가지 않았다. 아버지가 두 번에 걸쳐 사기를 당하시고 큰돈을 떼이게 되셨던 것이다. 당장 생활이 어려워진 우리 가족은 나머지 방들은 다 세를 놓고 한 방에 일곱 식구가 복작거리며 살아가야 하는 신세가 되었다. 학교에 가면 내 경상도 말 억양을 놀리는 아이들이 있어 학교에도 재미를 붙이지 못하고 학교를 파하고 집에 오면 비좁은 방에 있을 수도 없어서 동생들을 데리고 집을 나와 해가 질 때까지 거리를 배회하곤 했었다. 학교에도 집에도 마음을 붙일 수 없었던 날들이었다. 겨울이면 철둑길에서 코크스骸炭을 주워 와 연료로 때기도 했던 신산辛酸한 타향살이였다.

> 잘 있거라 나는 간다/ 이별의 말도 없이/ 떠나가는 새벽 열차/ 대전발 영시 오십 분/ 세상은 잠이 들어 고요한 이 밤/ 나만이 소리치며 울 줄이야/ 아아 붙잡아도 뿌리치는/ 목포행 완행열차

〈대전 블루스〉라는 유행가가 가장 인기가 있던 시절이었나. 대전역에서 누군가와 이별한 적도 없고 깊은 밤 목포행 완행열차를 탄 적도 없지만 지금도 그 노래를 들으면 힘들고 외로웠던 그 시절이 생각난다.

그래도 시간은 흘러 초등학교를 졸업하고 한밭중학교로 진학했다. 중학생이 되었으니 이제 학교에도 재미를 붙이고 공부도 열심히 해야겠다고 마음을 다잡았지만, 또 다른 복병이 나를 기다리고 있었다. 중학교에 들어가고 첫 영어

시험이었다. 문제를 푸는 데 정신을 쏟느라 나는 몰랐지만, 옆자리의 아이가 내 시험지를 훔쳐본 모양이었다. 부정행위를 '컨닝'이라고 부르던 시절이었다. 벼락같이 소리를 지르며 다가온 영어 선생님이 다짜고짜 내 따귀를 올려붙였다. 눈물이 핑 돌았다. 난생처음으로 누군가에게 맞아본 것도 충격이었지만 무엇보다 억울함에 견딜 수가 없었다. 선생님은 억울하다는 내 하소연은 들으려고도 하지 않고 종아리에 매까지 치는 것이었다. 그날부터 영어가 통 머리에 들어오지 않고 흥미조차 떨어졌다. 그날의 억울한 기억은 지워지지 않는 트라우마가 되어 대학 때까지 영어와 담을 쌓고 지내게 했다. 다시 그날로 돌아간다면 좀 더 적극적인 항의와 해명으로 진실을 규명하겠지만, 그 시절의 나는 너무 소극적이었고 내성적이어서 그럴 엄두를

대전 한밭중학교 시절

내지 못했다. 그 일을 통해 다른 사람에 대해 함부로 섣부른 판단을 하지 말자는 교훈을 얻긴 했지만, 지금까지도 돌이키고 싶지 않은 기억으로 남아 있다. 그렇게 나의 사춘기는 이렇다 할 부풀고 가슴 설레는 기억도 없이 가난과 외로움만으로 채워진 채 끝나갔다.

대전 블루스의 날들이었다.

귀향

중학교를 마치고 대전공고로 진학하는 동안 전쟁이 끝났다. 아직 제대로 된 전쟁 복구도 시작하지 못하던 시절이라 세상은 어수선했다. 학교와 거리에서 '재건再建'이라는 구호가 메아리처럼 울렸지만, 농촌은 농촌대로 도시는 도시대로 아직 전쟁의 곤궁함과 공포에서 벗어나지 못하던 시절이었다. 우리 식구들은 다시 보따리를 쌌다. 영주로 돌아가게 된 것이었다. 〈대전 블루스〉의 노랫말처럼 그야말로 '잘 있거라 나는 간다. 이별의 말도 없이'였다. 미련도 아쉬움도 없었다. 영주에서 나를 기다리고 있을 미래가 희망과 행복만은 아니었겠지만 내 힘들고 우울한 사춘기를 보낸 대전을 떠난다는 사실만으로도 어둡고 긴 터널을 벗어나게 된 느낌이었다.

영주농고로 전학 수속을 마치고 영주에서의 학교생활이 시작되었다. 아버지께서는 채소 시장 어귀에 화생한의원을 차리셨다. 한의원 사랑방에는 늘 지역의 유림儒林과 어르신들이 진을 치고 계셨다. 어머니께서는 날마다 그분들에게 음식을 대접하느라 손에 물이 마를 날이 없으셨다. 아버지께서는 먼 데서 오신 손님들께는 노잣돈까지 챙겨주시는 걸 빠트리지 않으셨다. 이웃에는 늘 넉넉히 인심을 쓰셨지만 당신과 당신의 가족들에게는 늘 엄격하셨다. 내가 대학을 마치고 돌아와 축산을 하겠다고 말씀드렸을 때도 아버지는 어떠한 경제적인 도움의 손길도 주지 않으셨다.

아버님의 모습

"대학 교육을 시켜 준 것만으로도 넘치는 도움이었다고 생각해라. 이제는 모든 게 니가 감당해야 할 몫이다."

아버지의 그 냉정한 말씀에도 나는 이상하리만큼 전혀 섭섭한 생각이 들지 않았다. 아마도 아버지가 살아오신 모습을 보아온 나로서는 그게 당연하게 받아들여졌기 때문이었으리라.

전학한 영주농고에서의 학교생활은 내 경상도 억양을 놀리는 친구들도 없었고 텃세도 없어 비교적 순탄했지만, 실습 시간이 문제였다. 학교에 딸린 실습장인 농장에 인분을 퍼 날라야 하는 일이 너무 싫었다. "똥 퍼라, 똥 퍼라, 영주

영주농고 졸업 기념

농고 똥 퍼라" 하고 다른 과 아이들이 노래를 부르며 놀리는 것도 싫었다. 그 때문에 농사짓는 일이 도저히 적성에 맞지 않는다는 생각을 굳히고 수학 성적이 월등했던 터라 과학자가 되기로 결심했다. 그 결심은 성균관대학교 화학과 진학으로 이어졌다. 생각해 보면 내 소년 시절은 한곳에 느긋이 자리 잡지 못한 떠돌이의 날들이었다.

문수~영주~일본~영주~대전~영주~서울, 사실 그 어느 곳에도 마음을 붙이지 못했고 특별한 기억도 남아 있지 않지만, 그 중간 기착지는 언제나 영주였다. 영주는 태생적으로 어쩔 수 없는 내 고향이었다.

대학 생활을 위해 다시 보따리를 싸서 서울로 올라왔지만, 서울은 타관이었고 혼자 있는 시간이면 늘 영주가 그리웠다.

언덕바지 하숙집

서울에 올라와 대학 생활을 시작하기 전 우선 하숙집부터 구해야 했다. 해방과 전쟁을 거치면서 세계에서 가장 가난했던 나라의 수도 서울은 오늘날의 화려함, 세련됨과는 까마득히 거리가 멀었다. 일자리를 찾아 농촌에서 상경한 도시 빈민들은 청계천가에 쓰러져 가는 판잣집을 대충 얽어지어 살았고 산비탈마다 하꼬방이라고 부르던 성냥갑 같은 집들이 다닥다닥 붙어 있었다. 수도와 전기가 들어오지 않는 집들이 태반이었다.

3월이 되었지만 아직 바람이 차던 어느 날, 성균관대학교 근처의 연건동 언덕바지 비탈길을 걸어 올라갔다. 문득 파란 대문 하나가 눈에 들어왔다. 대부분의 하숙집은 종이에 '하숙' 혹은 '하숙합니다'라고 써서 붙여놓았었지만 그런 표

시도 없는 그 집의 초인종을 왜 눌렀는지 모른다. 대문을 연 아주머니가 우선 친절하고 상냥해 보여 '에라, 모르겠다' 하고 시골에서 올라온 대학교 신입생인데 하숙집을 구한다고 말씀을 드렸다.

"우리 집은 하숙 치는 집이 아닌데예."

경상도 말씨에 친근감부터 들어 우선 마음이 놓였다. 바깥주인에게 말씀을 드려볼 테니 내일 다시 와보라는 아주머니의 말씀을 듣고 언덕바지를 내려오는데 왠지 하숙집을 구했다는 확신이 들었다.

다음 날 다시 그 집을 찾았을 때 아주머니가 말씀하셨다. 학생의 경상도 말씨에 친근감이 들었고 인상이 좋아서 하숙을 들이기로 했다는 이야기였다. 인상이 좋다는 얘기를 그때 처음 들었고 그 때문이었는지 그때부터 다른 사람들에게 좋은 인상을 주려고 나도 모르게 노력했던 것 같다. 남에게 좋은 말을 들으면 내가 그런 사람으로 바뀌는 것이다. 남에게 되도록 좋은 말을 해주려고 노력하는 버릇이 생긴 것도 그때부터였던 것 같다. 바깥양반은 양단 직물공장 사장님이었고 중고생 딸 둘에다 가정부까지 있는, 그 당시로는 보기 드물게 부유하고 유복한 가정이었다. 그들은 생면부지의 시골 학생을 진심으로 따뜻하게 대해주었다. 그렇게 운 좋게 얻은 하숙집에서 평온한 대학 생활이 시작되었지만, 또 다른 복병이 기다리고 있었다.

세상을 구하는 훌륭한 과학자가 되겠다고 택한 화학과였지만 공부를 하면 할수록 회의가 들기 시작했다. 화학 공부에 재미를 붙이지 못했고 내 적성에 맞지 않는다는 생각이 확신으로 자리 잡기 시작했다. 그 이후의 내 삶 속에서도 나는 늘 생각했었다. 어떤 분야에서든 내가 뛰어나게 잘하지 못한다면 내 개인적인 삶의 성취는 물론이고 사회에도 기여할 수 없다는 것이었다. 일단 확신이 섰다면 바로 행동에 옮겨야만 했다. 1학년을 마치고 휴학계를 던졌다. 목표는 서울대학교 농대 수의학과였다. 농

서울농대 졸업–부모님과 함께

고에서 인분을 푸는 게 싫어서 접은 농업의 길이었지만 내가 나고 자란 시골 마을의 어려운 농촌 현실이 내 머릿속 어딘가에 자리 잡고 있었는지도 모르겠다. 13대 국회에서 국회 법률심사소위원회 위원장으로 최초로 농어촌발전특별조치법에 농어민자조금自助金법을 만들어 기어이 통과시킨 일도 아마도 내 머릿속에 깊이 심어져 있던 농촌 현실에 대한 안타까움 때문이었을 것이다. 종로 EMI 학원에 등록해 다시 공부를 시작해 이듬해 서울대학 수의학과에 합격할 수 있었던 게 편안한 하숙 생활 덕분이었을지도 모르겠다. 대학을 옮기면서 그 연건동 언덕바지의 하숙집을 떠나게 됐고, 이미 두 분 다 세상에 계시지 않겠지만 그분들의 따뜻한 마음에 감사드리고 싶다.

농활農活의 기억들

서울농대 수의학과에서의 대학 생활이 시작되었다. 연건동 하숙집 어른들께 작별을 고하고 다시 짐을 꾸려 수원의 학교 기숙사로 옮겼다. 나름대로 깊은 생각 끝에 결심한 새로운 진로였으므로 마음을 다잡고 열심히 공부했다. 수의학과에서의 공부는 훗날 축산을 하는 데 많은 도움이 되었지만, 수의사 면허는 평생 한 번도 써먹어 본 적이 없는, 그야말로 장롱면허였다. 일단 축산의 길을 택한 이상 수의사분들의 밥그릇까지 넘봐서는 안 된다는 생각 때문이었다.

대학 생활에서 가장 인상 깊게 남아 있는 것은 농활의 기억이다. 농촌에서 나고 자랐고 농고에서 잠시 농업을 접해 보긴 했지만 실제로 농사를 지어본 적이 없었으므로 농활

서울농대 시절

을 통해 농사와 농민들의 삶을 직접 체험해 보고 싶다는 생각으로 대학 기간 내내 열심히 농활을 다녔었다. 그중 가장 인상적으로 남아 있는 것이 북제주군 조천면 와흘리에서의 기억이다. 요즘처럼 제주도행 비행기 편이 흔하지도 않았고 학생들의 주머니 사정이라는 게 너 나 할 것 없이 빈한한 형편이라서 배를 타기로 했다. 그 시절 용산에서 호남선 완행열차를 타고 목포역까지 가는 데 무려 열네 시간이나 걸렸던 것으로 기억한다. 목포항에서 그리 크지 않은 목선에 올랐다. 어린 시절 일본을 오가는 배를 타본 적이 있었지만, 그 배들에 비하면 형편없이 작고 낡은 배였다. 작은 목선이 파도에 출렁이며 심하게 흔들려 뱃전을 붙잡고 웩웩거리는 학우들이 대부분이었다.

멀미에 시달리며 기진맥진 항구에 도착한 우리를 기다린 것은 기나긴 행군이었다. 제대로 된 교통편이 없어 길 한쪽으로 열을 지어 걸었다. 요즘처럼 세련되고 깨끗한 관광지의 모습은 아니었지만, 남쪽 섬의 이국적인 풍경들은 우리를 설레게 하기에 충분했다. 걸어 걸어 닿은 북제주군 조천면 와흘리의 현실은 충격적이었다. 피폐한 농촌의 현실을 보며 자라기는 했지만, 그 마을의 현실은 상상을 뛰어넘는 것이었다. 우선 마을에 일할 남자들이 없었다. 해방공간에서의 이념 분쟁이 낳은, 이른바 4·3사태가 낳은 민족의 비극이 고스란히 남아 있는 마을이었다. 공비 토벌이라는 명목으로 그 마을 대다수의 남자가 군경에 의해 희생되었기 때문이다. 자연조차도 그 마을 사람들에게는 냉혹했다. 화산섬인 제주도는 지하수가 흔치 않아 빗물이 땅속으로 스며들었다가 지층의 틈새로 솟아나는 용천수湧泉水가 대부분이었지만 와흘리는 그마저 턱없이 부족했다.

마을 아낙들이 바다로 나가 물질을 해 부식을 해결한다고 해도 타 지역의 쌀이나 곡식과 바꿀 형편이 되지 못했다. 논농사와 밭농사도 그들의 생계를 위해서는 필수적이었지만 농업용수도 부족하고 농업 기반이 전혀 조성되지 않아 끼니를 제대로 이어가는 마을 사람들이 거의 없었다. 이 마을에서 보낸 20여 일은 잘사는 농촌을 만드는 데 어떤 역할이든 해야겠다는 결심을 굳히는 데 가장 큰 영향을 미친 경험이 되었다. 그들의 곤궁하고 피폐한 삶은 평생 부채 같은 것으로 남아 있었기 때문이다.

옛 어촌 풍경

넓은 세상을 향한 꿈

시골에서 올라온 내성적인 촌놈의 서울 생활과 학교생활이 수월한 것은 아니었다. 한번 가까워진 이들과는 오래도록 끈끈한 정을 유지하지만 새로운 사람을 사귀는 일은 예나 지금이나 어렵기는 마찬가지였다. 내성적인 성격을 극복하기 위해 일부러 활달한 친구들을 가까이했다. 그들과 어울려 수원 근교의 딸기밭들을 다니기도 했다. 그때만 해도 봄날의 딸기밭은 여학생들과 연애하는 은밀한 장소였지만 특별히 기억에 남아 있는 여학생이 없는 걸 보면 나도 좀 고지식하고 숫기 없는 그야말로 촌놈이었던 게 틀림없다.

언제부턴가 내 가슴속에는 넓은 바깥세상에 대한 동경이 싹트고 있었다. 그 시절의 우리에게 넓은 세상의 대명사는 오로지 미국이었다. 해방과 전쟁의 공간에서 미국이라는 나라는 신기루 같은 꿈의 나라였다. 훗날 몽골 사람들이 우리나라를 '솔롱고스', 즉 '무지개의 나라'로 부른다는 얘기를 들었을 때 불현듯 그 시절의 미국에 대한 환상이 떠오른 적이 있었다. 세계에서 가장 가난한 나라의 젊은이가 선진국에 가면 무언가 새로운 세상이 펼쳐질 거라는 기대가 없진 않았지만, 꼭 미국에 가서 무엇을 배워야겠다든가, 무엇을 이뤄야겠다는 생각보다는 막연한 동경에 가까웠을지도 모른다.

그 무렵, 무슨 연유에선가 가끔 학교를 방문하는 미국 교포 할머니가 계셨다. 헬렌 최라고 불리던 그 할머니는 영어도 능통하신 멋쟁이셨다. 자연스럽게 학생들과 어울리기도 하셨는데 그녀의 세련된 태도와 말씀들이 우리들의 미국에 대한 막연한 동경을 현실로 만들 수도 있다는 기대를 갖게 했다. 그 시절만 하더라도 미국 유학은 아무나 갈 수 있는 게 아니었다. 미국 시민권을 가진 이의 재정보증이 필수적인 요건이었지만 그게 호락호락하던 시절이 아니었다. 그분은 반도호텔에 머물고 계셨는데 우리 중 몇몇은 그분을 찾아가 호텔 로비에서 커피를 마시기도 했다. 할머니의 재정보증을 받으려면 자주 뵙고 잘 보여야 한다는 꿍꿍이들 때문이었다. 그러나 우리 중 성공한 사람은 아무도 없었다. 그분이 곧 미국으로 돌아가셨기 때문이다. 손사래를 치며 사양하는 할머니의 만류에도 우리는 출국하는 그녀를 김포 공항까지 배웅했다.

그날부터 나는 매주 수요일이면 어김없이 소공동 국제우체국으로 나가 할머니가 남긴 하와이의 주소로 봉함엽서를 보내기 시작했다.

'여사님, 무사히 도착해 가족들과 행복한 상면을 하셨는지요?'

첫 편지를 그렇게 시작했다는 기억만 남아 있을 뿐이지만 무슨 그렇게 할 말이 많았는지 나는 거의 매주 빠트리지 않고 소공동 우체국으로 나가 편지를 보냈다. 할머니로부터의 답장은 없었다. 주소가 잘못되지나 않았을까 의심이 들기도 했지만 미련하게 편지를 보낸 지 1년쯤 되었을까, 하와이에서 답장이 왔다.

'김 군, 그동안 답장을 못 해 미안하네. 내가 모월 모시에 동경을 거쳐 서울에 도착할 예정이니 그때 보세.'

그렇게 다시 만난 헬렌 최 할머니가 말씀하셨다.

"김 군, 자네 정성과 자네 진심을 알겠네. 고향의 부모님께 동의서를 받아 오게. 내가 재정보증을 서주겠네. 자네가 내게 편지를 보낸 그 끈기와 열정으로 공부하면 분명 우리 나라에 도움이 되는 사람이 될 거라는 믿음에서 하는 말이네."

그러나 내 기쁨과 희망이 좌절을 맛보는 데는 오랜 시간이 걸리지 않았다. 헬렌 최 여사의 말씀을 듣고 밤차로 영주로 내려와 아버님께 말씀을 드렸지만, 맏아들을 만리타향으로 보낼 수 없다는 게 아버님의 확고한 생각이셨다. 서울에서 대학 공부만 마치면 자신의 의지만 있다면 무슨 일인들 하지 못하겠냐는 것이었다. 돌이켜 보면 살아오면서 수많은 벽에 부딪히면서 어떻게든 타개하려는 노력을 멈춘 적이 없었지만, 아버님의 말씀만은 거역할 수 없었던 것 같다. 결국 미국 유학의 꿈은 좌절되었지만, 헬렌 최 여사님과의 관계를 통해 귀중한 교훈을 얻었고 그것이 내 인생의 중요한 순간들에서 큰 힘을 발휘

헬렌 최 할머니와 함께

했다. 성실함으로 사람을 대하고 끈기와 진심을 가지고 설득하면 불가능해 보이는 것들도 현실로 만들 수 있다는 것이다.

세상 모든 인연은 소중하다

전북 김제 출신의 허규갑이라는 학우가 있었다. 그야말로 가난한 시골 출신의 수재였다. 언제나 거의 1등을 놓치지 않는 친구여서 그의 노트를 빌려 보기도 하고 같은 기숙사에서 생활하며 친하게 지냈다. 대화도 잘 통하고 관심사도 비슷해서 학교 내에서도 요즘 말로 나와 '절친'으로 소문이 나 있던 친구였다. 2학년 겨울방학 때던가, 어머니께 부탁드려 여비를 얻어 김제 그의 집으로 놀러 가기도 했다. 서울역에서 호남선 열차에 몸을 싣고 흔들리며 그의 집으로 가는 길은 멀고도 멀었지만 새로운 세상을 보는 듯했다. 완행열차는 작은 역 하나 빠트리지 않고 섰고 역마다 기차에 오르고 내리는 사람들의 모습은 그 시절 우리나라 현실의 축소판 같은 것이었다. 두루마기와 갓에다 지팡이를 짚은

촌로들과 보따리를 이고 진 아낙들이 오르고 내렸으며 어떤 할머니가 보따리에 싸고 있던 수탉이 홰를 치며 통로를 날아다니기도 했다. 입성이 남루한 사람들이 소주판을 벌이면서 큰 소리로 떠들기도 하고 자욱한 담배 연기가 객실 안을 가득 채우고 있었다. 먹고살아보겠다고 서울로 일자리를 찾아갔다가 실패만 거듭하고 다시 고향으로 돌아가는 이들도 있었으리라.

저녁때쯤 도착한 김제역에는 친구가 반가운 얼굴로 나와 있었다. 미리 도착 시간 전보를 쳐놓은 터였다. 역에서 그다지 멀지 않은 그의 집에 들러 먼저 어머니께 인사를 드리고 나왔다. 멀리서 찾아온 아들의 친구를 반갑게 맞아주신 어머니께서는 작은 대폿집 같은 걸 하고 계셨던 것으로 기억한다. 허름한 식당부터 들러 우리는 소주를 곁들여 국밥을 먹으며 오랜만에 만난 회포를 풀었다. 서울에서도 몇 번 가벼운 술자리를 한 적은 있었지만, 그의 고향에서 만난 그와의 술자리는 밤늦게까지 이어졌다. 객지에서 마시는 술맛은 또 다르지 않은가? 거나해져서 술자리를 파하고 근처 여인숙에 여장을 풀었다. 멀리서 찾아온 친구 하나 집에 재우지 못하는 그의 미안함과 겸연쩍어하는 모습이 느껴져

김제평야

괜히 내가 미안해졌다. 술값과 여인숙 비용까지 내가 부담해야 했지만, 친구 사이에 그게 무슨 상관이란 말인가?

다음 날 아침 숙취에 시달리며 여인숙을 나서니 말로만 듣던 김제평야가 눈앞에 펼쳐졌다. '김제 만경 너른 들'이라는 소리도 있지 않은가? 요즘 그쪽을 지나다 보면 영주를 '선비의 고장'이라고 하듯 '지평선의 고장, 김제'라는 표지판을 볼 수 있다. 겨우 안정 들을 넓다고 생각하며 자란 내게 끝없이 펼쳐진 논밭들의 풍경은 경이로움 그 자체였다. 그렇게 넓디넓은 들을 가지고 있으면서도 전국에서 가장 가난한 땅으로 남은 것이 아마도 대대로 제 배만 채우면 그만인 지주들과 농민들의 현실을 외면한 위정자들 탓이 아니었을까, 씁쓸한 생각이 들기도 했다. 농촌의 구조적인 가난은 땅만 있다고 해결되는 것이 아니고 합리적인 제도와 좋은 정치가 뒷받침되어야 한다는 생각이 들었다. 짧은 시간이었지만 김제에서의 하루는 훗날 농촌운동을 하면서 가끔 떠올리는 기억이 되었다.

훗날 국회 시절, 영남 출신의 국회의원이 유난히 호남 출신의 의원들과도 가까이 지냈던 것은 아마도 허규갑과의 인연이 한몫한 것이 아닐까 하는 생각이 든다. 전남 강진이 지역구였던 김영진 의원과도 호형호제하는 사이여서 뒷날 그가 농림부 장관이 되었을 때도 음으로 양으로 많은 도움을 받기도 했다. 국회의원일 때는 물론이고 민선 시장 시절 예산 확보를 위해 호남 출신의 의원실도 거리낌 없이 찾아다닌 것도, 신新연초제조창 유치를 위해 호남을 기반으로 하는 민주당 입당 원서를 쓰며 김대중 대통령의 재가를 받아낸 것도 친구 허규갑 군과의 인연과 무관하지 않으리라는 생각도 해본다.

세월처럼 무정하고도 무상한 것이 없지만 그래도 소중하

게 맺은 인연은 세월이 흘러도 사라지지 않는 것인가 보다.
3년 전 어느 날, 전화가 울렸다.

"어이 친구, 나 허규갑이오."

전화기 저쪽에서 들려온 목소리는 긴 세월을 뛰어넘어 들려온 인연의 노크 소리 같은 것이었다.

다음 날, 친구 부부가 영주를 방문했다. 한때 열정으로 눈을 반짝이던 청년이 흰머리가 성성한 노인이 되어 내 앞에 앉아 있었다. 학교를 졸업하고 소식이 끊겼던 그는 캐나다로 이주해 가서 토론토한인회장을 하고 있었다. 푸른 청춘에 만나고 헤어졌다가 팔십을 넘어 다시 만난 인연이었다. 우리는 서로의 늙어버린 얼굴을 바라보며 젊은 날을 추억하며 오랜 이야기들을 나누고 아쉬운 작별을 나누었다. 아마도 우리 생에 마지막이 될지도 모를 만남과 작별이었다.

농부가 되다

졸업을 앞두고 장래 진로에 대한 고민들이 없지 않았지만 내 결심은 확고했다. 농부가 되어 잘사는 농촌, 새로운 농촌을 만들어보겠다는 것이었다.

"농부가 되겠습니다."

졸업하고 고향으로 돌아와 아버님의 완강한 반대에 부딪혔지만 내 결심은 흔들리지 않았다.

"서울에서 대학물을 먹은 놈이, 그것도 서울대학씩이나 나온 놈이 농사라니."

돌아앉으신 아버님의 등에는 노여움과 실망이 가득했다.

"꼭 제 손으로 농사를 지어서도 잘살 수 있다는 걸 증명해 보이겠습니다."

"대학 공부까지 시켜준 걸로 됐다. 농사를 짓든 뭘 하든 이제는 니 몫이다. 니 혼자 힘으로 해봐라."

대학에서의 전공이 수의학이었던지라 축산을 해보기로 마음먹었다. 그 무렵 축산 장려의 일환으로 미국산 홀스타인 젖소 두 마리를 융자를 안고 분양받아 고향 마을인 문수면 적서리 연동골로 들어갔다. '한 나라가 그 장래를 위해 국민에게 할 수 있는 가장 안전한 투자는 아이들에게 우유를 먹이는 것이다'라는 윈스턴 처칠의 말을 실천해 보겠다는 생각도 있었다. 그러나 자라면서 한 번도 손에 흙을 묻혀본 적이 없던 나에게 젖소 사육은 쉬운 일이 아니었다. 우사를 청소하고 꼴을 베는 일로 쉴 틈 없이 하루하루를 보냈지만 해야 할 일은 쌓이고 또 쌓였다. 여고를 졸업하고 가사를 돕다가 시집온 아내의 고생도 말이 아니었다. 돌파구가 필요했지만, 아버님께 손을 벌릴 수는 없었다.

그때 마침 서울농대 선배이신 이춘직 씨의 모친이 일수계를 하고 계셨는데 내가 고생하는 게 안타까우셨던지 계를 들게 하고 1번으로 곗돈을 태워주셨다. 쌀 열두 가마 값의 곗돈으로 상망동 734번지의 밭이 딸린 임야 2만 평을 덜컥 구입해 버렸다. 먼저 움막과 우사를 대충 우그려 짓고 상망동으로 터전을 옮겼다. '손바닥 지문이 닳는다'라는 말을 저절로 이해하게 된 나날들이었다. 고마운 주변 마을 사람들의 도움도 받아 흙벽돌을 찍어 기와를 올리고 거처할 집을 짓고 텃밭도 개간하기 시작했다. 전기도 들어오지 않아 밤이면 석유램프를 밝히고 선진국들의 농업 서적들을 탐독했다. 어머니께서 아버지 몰래 생활비를 보태주시기는 했지만, 소 사룟값으로 거의 다 들어가고 시래기와 밀가루 죽과 옥수수가 주식인 궁핍한 생활을 이어나가야 했다.

융자로 사입한 젖소 두 마리

우선의 희망은 젖소들밖에 없었다. 정성을 들인 덕인지 젖소들은 건강하게 자라 송아지를 낳기도 하고 우유를 짜기 시작했다. 매일같이 새벽 4시면 일어나야 했다. 하루에 두 번 짜둔 우유를 리어카에 싣고 통금이 풀리는 시간에 동파 앞을 지나야 했다. 어머님이 큰솥에 물을 끓여놓고 기다리시면 우유를 소독해 유리병에 넣고 주둥이를 비닐로

막고 고무줄을 동여맨다. 그러면 배달 준비가 끝난다. 요즘처럼 위생적으로 팩에 넣어져 전국적으로 보급되던 시대가 아니었고 우유에 대한 인식도 빈약하던 때였으므로 비록 재래적이고 비위생적이었지만 영주 같은 지방에서 우유를 먹을 수 있는 유일한 방법이었다.

짐바리 자전거 뒤에 우유병들을 싣고 아직 어두운 새벽거리를 달리며 신청한 집들의 대문 아래로 우유병들을 밀어 넣으면 배달이 끝났다. 그러나 배달보다 수금이 더 큰 문제였다. 우유 맛이 밍밍한 게 물을 탄 게 아니냐는 억울한 불평을 듣기가 일쑤였고 우유를 먹고 배탈이 났다고 수금을 해주지 않는 집들도 있었다.

들어오는 돈보다 나가는 돈이 턱없이 많았다. 이미 타 먹은 곗돈을 붓는 것조차 힘에 겨웠다. 할 수 없이 영주군 축협에 취직했다. 낮에는 축협에서 일하고 밤과 새벽에는 젖을 짜서 배달하는 고된 날들이 이어지며 몸도 마음도 지쳐갔다. 젖소 사육에 대한 경험도 부족했지만, 무엇보다 사람들의 우유에 대한 인식 부족이 가장 큰 걸림돌이었다. 농부가 되기로 결심한 이래로 숱한 어려움들이 있었지만, 최초로 맛본 좌절이었다. 새로운 돌파구가 필요했다. 분신과도 같았던 젖소 두 마리를 대구에서 팔고 돌아오는 길에 수없이 다짐했다. 한 번의 좌절로 꺾일 수는 없다고. 기회와 희망은 스스로 버리지 않는 한 결코 사라지지 않는 것이라고.

개간한 땅, 상망동 봉산농장

도전과 시련

젖소를 판 돈 48만 원은 그동안의 빚을 갚기도 빠듯했다. 기왕에 축산을 시작했으니 양계를 해보기로 마음먹었다. 우선은 초기 투자에 큰돈을 들이지 않아도 되었고 사람들의 생활수준이 조금씩 나아져 가고 있었으므로 계란에 대한 수요가 점점 더 커질 거라는 계산에서였다. 축협 조합장께 5만 원을 빌려 우사牛舍를 닭장으로 개축하고 닭을 사들이기로 했다. 안동 임동에 종자가 좋은 닭이 있다는 소문을 듣고 소달구지를 빌려 임동으로 향했다. 새벽에 출발해서 중닭 120마리를 사서 집에 도착하니 캄캄한 밤중이었다. 닭들이 한 달 만에 알을 낳기 시작했다. 계란을 한꺼번에 사들여 가는 업체들이 없던 시절이라 짐바리 자전거 뒤에 두 판이나 세 판씩 싣고 읍내의 가게들을 돌며 팔아야 했다.

그래도 한 달에 계란값으로 1만 4천 원이 들어왔다.

그 돈을 차곡차곡 모아 버려지다시피 한 땅 8천 평을 샀다. 그 땅을 개간해 매일같이 저절로 쌓이는 계분鷄糞을 넣으면 기름진 땅으로 변모하리라는 생각에서였다. 2년 만에 닭이 700수로 늘어났고 억척같이 험한 땅을 개간하고 계분을 넣으니 아무도 눈길을 주지 않던 땅이 몰라보게 비옥해져 갔다. 그 땅에 수박도 심고 뽕나무를 심어서 큰 수확을 올리게 되자 사람들의 시선도 바뀌었다.

"배운 사람이 생각하는 것도 다르구나."

상망동 농장에서 아내와 함께

사람들이 하나둘 주변에 모여들기 시작했다. 내 조언을 받아 양계를 하는 사람들이 늘어가자 군에서 상망2리를 양계단지로 지정하고 160만 원의 시설자금을 지원해 주었다. 마을은 닭들의 꼬꼬꼬 하는 소리로 넘쳐나고 마을 사람들의 수입도 증대되었다. 나는 자연스럽게 마을 양계단지의 회장이 되었다. 작은 조직이었지만 우두머리가 된 것은 처음이었고 나 자신보다는 회원들의 형편을 먼저 살펴야 하는 삶이 시작되었다.

당장 부화가 된 병아리를 사는 일부터 쉬운 게 아니었다. 병아리를 사들이기 위해 서울까지 가야 할 때도 있었고 음성 나환자촌도 여러 번 드나들었다. 의학적으로 전염이 되지 않는 음성 환자들이었지만 그들과 악수하는 일도 그들의 찌개 그릇에 숟가락을 넣는 일도 찜찜하지 않을 수가 없었다. 그러나 사람과 사람 사이를 이어주는 가장 큰 미덕은 상대방에게 진심과 성실과 겸손을 보여주는 일이라는 생각은 지금이나 그때나 변함이 없었다. 최대한 스스럼없이 그분들을 대하려고 노력하자 그분들도 내게 호감을 가지고 많은 편의를 봐주었다.

그러나 종계種鷄를 가진 사람, 부화를 하는 사람, 육계를 하는 사람 사이의 단계들이 너무 많았다. 그 단계들을 거치면서 돈이 새어 나갔다. 피땀 흘려 일해도 남 좋은 일이 되기 일쑤였다. 보다 합리적이고 체계적인 관리를 위해 머리를 싸맸다. 좀 더 수익성이 보장되는 방안이 무엇일까를 고민했다.

1969년, 무리해서 미국으로부터 바브콕 종계 1천 수를 도입하고 당시로는 거금이었던 부화기 한 대를 설치했다. 부화한 병아리들을 싼값으로 분양하자 주변의 양계 농가들의 수익이 높아지기 시작했다. 훗날 이 부화장은 전국에서 다섯 번째 크기로 성장하고 지금은 우리나라에서 가장 역사가 오래된 부화장으로 남아 있지만, 그 시절에는 어려움의 연속이었다. 주변 분들과 함께 애쓴 보람이 있었던지 박정희 대통령으로부터 '청소년 육성 표창'도 받고 상망동이 '농촌모범마을상'을 받기도 했다.

모든 일이 순조롭게 돌아가는 듯했지만, 또 다른 시련이 나를 기다리고 있었다. 갑자기 경기가 하락하고 양계 농장들도 직격탄을 맞기 시작했다. 계란 수요가 감소하자 자연히 병아리들의 수요도 줄어들었다. 부업으로 소규모의 양계를 하는 농민들에게까지 부화한 병아리들을 생산원가의 반값으로 그것도 외상으로 팔 수밖에 없었다. 수입이 급감

개간한 땅의 뽕밭

하고 빚만 쌓여가기 시작했다. 돌파구가 보이지 않는 절망적인 상황이었지만 머리를 싸매고 누워 있는 것은 내 방식이 아니었다. 일단 쌓여가는 채무부터 해결해야 했다. 닭을 키우는 일에도, 개간하는 일에도 더 열심히 매달리면서 돈을 구할 길을 찾았다. 하늘은 스스로 돕는 자를 돕는 것인가, 뜻하지 않은 데서 도움의 손길이 왔다. 내 어려운 처지를 소문으로 들은 서울의 동창생 하나가 선뜻 거금 100만 원을 보내온 것이었다. 짤막한 편지와 함께.

'목표한 바를 위해 끝까지 도전해 꼭 성공하길 빌겠네!'

기어이 자립농이 되다

친구가 보내준 귀한 돈은 채무로부터의 숨통을 틔워주었고 그의 격려의 말은 다시 마음을 다잡는 데 큰 힘이 되었다. 양계와 개간하는 일에 더 매진하고 국내외 축산과 영농 서적들을 열심히 탐독하며 때를 기다렸다. 기회는 끝없이 준비하는 자에게 손을 내민다는 걸 굳게 믿었기 때문이다.

시련이 오래가지는 않았다. 다시 경기가 상승하면서 계란의 수요도 크게 증가했고 부화한 병아리도 그야말로 날개 달린 듯 팔려 나가기 시작했다. 개간한 땅에 심었던 뽕나무와 각종 작물도 풍작을 이루어 수입이 많이 늘어났다. 어려울 때보다는 일이 순조롭게 잘 풀려나갈 때 더 긴장해야 한다는 게 그동안 살아오면서 깨우친 진리였다. 늘어나는 수요에 맞추기 위해 부화기 한 대를 증설하고 양돈을 시작하기로 계획을 세웠다. 부화한 병아리들의 수컷은 쓸모가 없어 폐기해야 했는데 그걸 돼지들에게 단백질을 보급하는 먹이로 사용할 수 있겠다는 생각에서였다. 그리고 돼지들이 엄청나게 쏟아내는 분뇨는 작물 재배의 거름으로 쓸 수 있으니 선순환의 묘수가 될 것이었다. 그렇게 1만여 평의 농장에 병아리 부화부터 산란 양계, 양돈, 양잠, 사과 등 10여 가지의 작물들이 상호 보완, 선순환하는 '봉산농장'이 완성된 것이다.

농장 견학을 온 농민들

1972년은 내 생애에서 큰 의미를 지닌 한 해가 되었다. 6천 수의 종계種鷄와 부화기 증설(8대)로 1750만 원의 수익을 올리며 명실공히 자립농이 된 것이었다. 그동안 꾸준히 개간해 거름을 넣어 비옥하게 만든 논과 밭에서 수확한 작물로 172만 원, 양계와 양돈으로 거둔 수익 203만 원을 더하니 영농자금을 뺀 순수익이 805만 원에 달했다. 그 당시 한 농가의 수익으로는 엄청난 것이었다. 완강하게 반대하시던 아버님의 등 뒤에서 꼭 농업으로 성공해 보이겠다고 다짐했던 약속을 어느 정도는 지킨 듯해 뿌듯하기도 했지만 자만하지 않고 다른 농가들과 내 성공의 경험을 나누어야겠다는 생각으로 그 길을 찾기 시작했다. 어차피 나 자신의 성공이 아니라 잘사는 농촌, 새로운 농촌을 만들겠다는 결심으로 시작한 일이었기 때문이다.

그해 경상북도 농업진흥원의 4H 기술교환농장으로 지정되었다. 매 분기 4~5명의 4H 부원들이 우리 농장으로 파견을 나와 성심성의껏 그들의 기술 습득을 도왔다. 양계와 양잠의 기술을 전수해 달라는 강의 요청들이 여러 곳에서 몰려왔다. 그동안 서적들과 경험을 통해 습득한 내 나름의 지식을 전달하는 일은 영농 못지않게 보람 있는 일이었다. 그 무렵 시작된 새마을운동의 성공을 위해 시멘트를 희사하기

견학 온 4H 회원들

도 하고 보유하고 있던 농기구들을 무상으로 대여해 주기도 했다. 농협중앙회에서 매년 8월 15일에 시상하는, 농민으로서는 최고의 상인 '새농민종합상'을 수상하는 분에 넘치는 영예도 누렸지만, 무엇보다 함께 잘사는 농촌 만들기에 미력이나마 보탤 수 있어 행복한 날들이었다.

2부

신뢰를 얻는 일부터

첫 번째 선거

어느 날, 당시 군 농협의 조합장이던 금교성 씨로부터 전화가 왔다.

"김 군, 나 좀 만나세."

그 시절 34세의 청년이던 내게 그분은 지역 원로 어른이어서 '김 군'이라는 호칭은 자연스럽고 당연하였다. 읍내의 한 다방에서 마주한 그분은 전혀 생각지도 못한 뜻밖의 제안을 했다.

"내 임기는 다 되었고 차기 군 농협 조합장 선거에 출마해 보게. 내 생각에는 자네가 적임자인 것 같네."

뜻밖의 제안에 나는 손사래를 치며 고사할 수밖에 없었다. 다른 경륜 있는 선배분들도 계시는데 아직은 내가 감당할 수 있는 자리가 아니라고 말씀을 드렸지만 아주 단단히

작정하신 듯 그분은 뜻을 굽히지 않고 오랫동안 나를 설득하려고 애썼다. 끝까지 고사하며 그 자리를 물러났다.

집으로 돌아와서 그분의 제안을 곱씹어 보았지만 아직은 농업 현장에서 내가 해야 할 일들이 많다는 생각을 굳혔다. 출마 생각을 지워버리고 지내던 어느 날, 당시 우리나라 정치계의 거물이던 지역의 국회의원 김창근 의원의 전화를 받았다. 출마해 보라는 말씀이었다. 그분은 집안의 숙항叔行뻘이기도 해서 아버님마저 출마를 권하시는 터라 생각을 고쳐먹지 않을 수가 없었다. 그동안 여러모로 가까이해 왔던 분들과도 의논을 해봤는데 하나같이 출마를 권한 게 무엇보다 마음을 굳힌 계기가 되었다.

조합장과 이사 여덟 명, 총 아홉 표 중 3분의 2, 즉 여섯 표를 얻는 후보가 당선되는 선거였다. 1, 2차까지 3분의 2를 득표한 후보가 없으면 마지막 3차에서 다득점 후보가 이기게 되는 것이었다. 출마 의지를 굳히고 선거운동에 뛰어든 어느 날이었다. 김창근 의원에게서 전화가 왔는데 다짜고짜 출마를 포기하라는 얘기였다. 이유도 설명해 주지 않고 자네는 아직 젊으니 이번에는 포기하라는 최후의 통첩 같은 전화였다. 갑자기 머릿속이 멍해졌다. 출마하라고 권한 분이 출마를 포기하라니 그 충격에서 헤어 나오기가 어려웠다. 주변에서 도와주던 분들의 얼굴이 먼저 떠올랐다.

새농민종합상 수상

내막을 알아보니 그간의 사정이 이러했다. 당시 김 의원이 관리하던 지역구의 당 사무국장을 읍장으로 올리고 현 읍장에게 조합장 자리를 주겠다는 구상이었다. 그 사실을 안 순간 그 선거는 당선과 낙선의 문제가 아니라는 생각이 들었다. 나의 포기는 합리적이지도 않고 윤리적이지도 않은 자리 나누어 먹기에 동조하는 것과 다르지 않았다. 그런 생각이 들자 출마를 강행하지 않을 수 없었다.

1, 2차 투표 - 김진영 5표, 김○○ - 3표, 김×× - 1표

두 차례 투표에서 최다 득표이기는 했지만, 당선 표수에 한 표가 모자란 다섯 표를 받는 데 그쳐 결선투표로 갈 수

밖에 없었다. 마지막 3차 투표에서는 1, 2위가 네 표로 동률을 이루어 연장자인 상대 후보가 당선되는 것으로 선거가 막을 내렸다. 선거가 끝난 후 당선 후보가 인장 도용, 사문서 위조 혐의로 경찰의 조사를 받는 등 당선 무효가 되었지만 나는 재선거에 출마하지 않았다. 선거는 농사짓는 사람이 할 일이 아니라는 생각 때문이었다.

축산협동조합

3년이 흐른 어느 날, 또 한 번의 공적인 삶으로의 초대가 찾아왔다. 축산협동조합의 이춘직 선배가 조합장을 사임하면서 3년의 임기 중 잔여 임기 1년을 채워줄 조합장으로 나를 천거한 것이었다. 선거도 거치지 않는 추대 형식이었지만 내 고민은 깊을 수밖에 없었다. 먼저 조합을 위해 내가 해야 하고 할 수 있는 일이 무엇인가가 심사숙고의 제일 순위였다.

축산협동조합은 농민과 축산인의 이익을 위해 만들어진 단체라고 말은 하지만 사실상 농민보다는 직원들의 이익을 대변하기가 일쑤고 농민들을 등에 업고 이용만 하는 조직이라는 여론이 팽배해 있었다. 조직에 대한 불신은 자연히 조합원들의 비협조로 이어지고 있다는 게 내가 파악한 현실이었다.

'내가 과연 이 모든 모순과 불합리에 맞서 농민을 위한 농민들의 조합으로 만들어낼 수 있을까?'

'고민은 깊이, 결단은 빠르고 과감하게'가 중요한 결정을 내릴 때의 내 모토였다. 어릴 때부터 새로운 농촌, 잘사는 농촌을 만드는 데 힘을 보태야겠다는 결심이 있었기에 그 제안을 기꺼이 받아들이기로 했다. 우직하고 진실하게, 성실하고 겸손하게 최선을 다한다면 무엇이든 이루어낼 수 있다는 믿음으로 공적인 삶을 받아들였다. 서른일곱 살 청년이 내딛게 된 새로운 행보의 시작이었다.

비장한 각오로 조합장실에 출근했지만, 첫 단계부터 삐걱거리기 시작했다. 조합장으로 첫 이사회를 소집했다. 이사회는 이사 7인, 감사 2인으로 구성되어 있었다. 오전 10시에 이사회를 소집한다고 통보했지만 한 사람도 나타나지 않았다. 처음부터 벽에 부딪혔다. 혼자 회의실에 앉아 초조하게 기다리고 있는데 11시가 넘어서야 회의실 문이 열리더니 하나둘 어슬렁어슬렁 나타나기 시작해서 11시 반이 되어서야 성원이 돼 회의를 시작할 수 있었다. 대충 인사말을 끝내고 새로운 의안을 상정하려고 하는데 여기저기서

한국농업상 수상 기념

웅성거리기 시작했다.

"점심때도 됐는데 점심이나 먹고 하지."

맥이 빠졌지만 어쩔 수 없었다. 회의실의 벽시계가 12시를 가리키고 있었기 때문이다. 그러나 점심을 먹고 나서도 이사회는 열리지 못했다. 점심을 먹은 이사 중 일부가 집으로 가버려 성원이 되지 않았기 때문이었다.

이사들의 비협조뿐만이 아니고 직원들의 저하된 업무 의욕도 발목을 잡았다. 이대로는 조합장으로서 할 수 있는 일이 아무것도 없었다. 전임 조합장이 중도 사임을 한 이유를 알 듯도 했다. 'Fight or Flight(싸우거나 도망치거나)'라는 말이 있다. 영국의 역사학자 아놀드 토인비는 인류의 역사는 '도전과 응전'의 역사라고 했다. 돌이켜 보면 그것이 옳은 길이라면 나는 언제나 도망치기보다는 싸우는 쪽을 택했던 것 같다. 도망친다면 한 걸음도 앞으로 나아갈 수 없기 때문이다. 새로운 도전이 시작되었다.

신뢰를 얻는 일부터

사람을 가리키는 인간人間이라는 말에 '사이 간間'이 들어가 있는 것은 사람과 사람 사이가 중요하기 때문일 것이다. 가장 바람직한 인간관계는 그 사이에 신뢰가 형성되어 있을 때이다. 불신은 불신을 낳고 상호 불신은 갈등만 쌓아가기 때문이다. 신뢰의 관계는 내가 상대방에게 믿음을 요구하는 게 아니라 내가 먼저 믿음을 보여주는 데서 출발한다.

'나부터 신뢰받는 조합장이 되자.'

어려운 문제일수록 그 해답은 의외로 쉽고 기본적인 것에 있는 법이다. 어떻게 신뢰를 보여줘야 할 것인가? 그 해답은 내가 희생하는 모습을 보여야 한다는 것이었다. 어떻게 해야 할 것인가? 나는 먼저 직원들과 조합원들 앞에서 조합장으로서의 모든 보수를 포기하겠노라고 선언했다. 처음에는 불신의 눈빛으로 보았지만, 실천으로 보여주었다. 판공비도 일절 받지 않았다. 내가 타고 다니는 차량의 유지관리비조차 100% 사비로 충당했다. 조합의 돈은 1원 한 푼 쓰지 않았다.

직원들의 근무 의욕도 고취해야 했다. 먼저 양돈과 축우畜牛 농가들에 대한 적극적이고 공격적인 지원사업을 주문했다. 사업을 하다가 생긴 손실이나 실패의 모든 경제적이고 구조적인 책임은 김진영이가 100% 지겠노라고 약속했다. 사람들이 움직이기 시작했다. 조합이 움직이기 시작했다.

축협 사무실 신축

언제나 내가 제일 먼저 출근하는 날들이 한 달이 되고 두 달이 되자 강요하지 않아도 직원들은 나보다 먼저 출근하려고 자발적으로 노력했다. 평소 젊은 나를 '김 군'이라고 부르던 나이 든 이사들로부터 시작해서 직원들과 조합원들까지 달라지기 시작했다. 모든 경영의 중심은 사람이다. 사람들이 달라지면서 경영도 추진력을 얻게 되고 사업실적이 눈에 띄게 호전되기 시작했다.

전임 조합장의 잔여 임기 1년을 다 채우기도 전에 영주축협은 직원들에게도 가장 일하고 싶은 일터가 되었다. 농협에서 축협으로 이직하려는 유능한 직원들이 생겨날 정도였다. 좋은 결과가 따르지 않는 노력이란 없다는 걸 다시 한 번 깨닫게 되는 시간이었다. 영주축협의 모든 구성원이 힘과 마음을 모아 일구어낸 결과였다. 고맙게도 협조를 아끼지 않은 이사들과 직원들, 조합원들에 의해서 차기 조합장으로 다시 추대되었다. 다시 김진영에게 맡겨놓으면 더 잘할 거라는 믿음에서 조합장 선거에 출마하려는 분들이 아무도 없었기 때문이다. 단일 후보 무투표 당선이었다. 영주축협에서 네 번의 조합장을 하는 동안 이런 일이 계속되었다. 분에 넘치는 사랑을 받았다. 많은 세월이 흘렀지만, 그분들에 대한 감사의 마음은 지금도 변함이 없다.

최우수 조합의 꿈

축산인들의 이익을 대변하는 조합, 축산인들과 함께 발전해 가는 조합이 가장 우선적인 목표였다. 여러 가지 사업들을 통해 이익이 생겨야 그 이익을 조합원들과 나눌 수 있겠지만 이전까지는 조합이 내세울 이렇다 할 사업실적이 거의 없었다. 조합의 목적과 이념은 좋았지만, 구성원들의 능력과 의욕을 이끌어낼 계기가 없기 때문일 거라고 생각했다. 선공후사先公後私, 개인의 사사로운 이익은 접어두고 공적인 이익을 앞세워야 한다는 것은 공직 생활 내내 지켜온 신념이었다. 나부터 본을 보여야 했다. 특히 지도자에게 있어서 공공의 이익을 먼저 생각하는 자세는 당장은 아니더라도 언젠가는 구성원들을 감동하게 하고 그들의 자발적인 협조를 이끌어낼 수 있다는 게 단 한 번도 흔들린 적이 없는 내 철칙이었다.

도계장사업을 시작해 보자는 내 포부를 밝혔을 때 다수의 이사와 직원들은 회의적인 태도를 보였다. 조합이 사업을 하면 망한다는 게 오랫동안 굳어진 그분들의 생각이었다. 모든 책임은 내가 질 테니 한번 해보자고 설득했다. 도마 위에서 닭의 목을 자르고 물을 끓여 털을 뽑는 모습은 시장 닭집들에서 흔히 볼 수 있는 풍경이었다. 보기에도 좋지 않을뿐더러 무엇보다 위생적이지 못했다. 위생적이고 체계적인 도계시설이 절실했다. 직원들의 의견을 들어보니 도계장 시설비도 만만치 않고 무엇보다 닭을 잡아 파는 상인들의 협조를 얻는 게 난제라는 것이었다. 직원들에게 성공할 수 있다는 자신감을 심어주는 것이 선결과제였다. 이 업무를 추진하다 발생한 손실에 대해서는 조합장 개인의 돈으로 충당하겠다는 약속부터 했다. 도계장 부지 문제도 해결해야 했다. 원칙적으로 조합은 농지를 소유할 수 없었다. 고심 끝에 동생이 소유하고 있던 농지를 대지로 전용해 조합으로 인계하는 방안을 찾았다.

상인들을 설득하는 일도 난제였다. 도계장에서 닭을 잡아야 한다고 강제할 수 있는 법적 근거도 없는 형편이라 오랫동안 관행으로 굳어온 그들의 마음을 돌리는 게 쉬운 일이 아니었다. 먼저 도계장을 이용할 경우 얼마나 더 위생적이고 편리할 수 있는지를 직원들을 통해 설득했다. 그리고 직원들에게 당부했다. 상인들을 강압적이고 사무적으로 대하지 말고 시장에서 닭을 잡는 현장에 그냥 가만히 서 있기만 하라고 했다. 닭을 잡고 털을 뽑는 현장에 아무 말 없이 지켜보며 서 있기만 하는 우리 직원들이 딱해서였을까, 상인들이 하나둘 도계장을 이용하기 시작했다. 도계장을 만든 지 불과 반년도 채 되지 않아 시장에서 도계를 하는 풍경이 거짓말처럼 사라졌다. 도계장이 이윤을 내기 시작했음은

축산인들과 함께

물론이다. 이 일은 강제하지 않고 진심을 담은 이해와 설득만으로도 어떤 난제도 해결할 수 있다는 좋은 선례가 되었다. 조와리에 세운 생장물(축우, 양돈, 양계 등) 사업장도 성공적으로 운영돼 영주축협 발전의 밑거름이 되었다.

영주축협의 행사장에서는 국회의원, 시장, 군수 등 각급 기관장들이 모습을 보이지 않는 것으로도 유명했다. 각종 행사에 기관장들을 일절 초대하지 않았다. 오려고 하는 분들이 있어도 내가 따로 자리를 만들어 모시겠다고 간곡히 부탁해 축하를 고사했다. 조합 행사의 주인공은 조합원들이었기 때문이다. 온전히 조합원들에게 쏟아야 할 예우와 관심이 기관장들에게 돌아가서는 안 된다는 생각이었다. 그 시절 오한구 국회의원은 혀를 차며 이렇게 말하곤 했다.

"어허 참, 이런 행사에 나를 못 오게 하면 나는 어디 가서 표를 얻나?"

그 시절은 신군부가 집권해 제5공화국이 들어서면서 서슬이 푸르렀다. 삼청교육대라는 무시무시한 이름이 오르내리면서 사회정화운동이라는 것이 시작되었다. 공공기관들도 그 화살을 피하지 못했다. 시군 공공기관과 농축협 등

기관당 각 한 명씩을 문제 직원 퇴출이라는 명목으로 도 지부에 명단을 제출하라는 지시가 내려왔다. 소문을 들어보니 다른 지부들에서는 간부들이 무기명 투표로 직원 한 명의 이름을 적어 가장 많은 표를 받은 직원을 퇴출 직원으로 낙점해 명단을 보낸다는 것이었다. 어느 한 사람을 정해 희생시킨다는 것은 중세의 마녀사냥이나 다름없다는 생각이 들었다. 이사들이나 임원들이 걱정스럽게 의견을 물어 왔지만 나는 아무 대답도 해주지 않았다. 제출 시한이 다가오던 어느 날 퇴출 직원의 이름이 들어 있는 봉투를 들고 대구의 도 지부를 찾아가 제출했다. 봉투를 열어본 도 지부장이 깜짝 놀라는 표정을 지었다. 그 명단에는 이렇게 적혀 있었다.

'영주축협 조합장 김진영'

지부장이 펄쩍 뛰며 말리는 척했지만 내심으로는 퇴출 직원에 조합장도 하나쯤 끼어 있으면 구색 맞추기로 나쁘지 않을 거라는 생각도 하는 것 같았다. 며칠 후, 도 지부에서 퇴출 명단을 심사하는 회의가 열렸는데 당시 도 지부의 전모 지도과장이 이의를 제기했다는 후문이 들렸다. 도에서 제일 잘하는 사람을 자르는 것은 불가하다고 강력하게 반대했다고 한다. 그날 영주축협의 상무에게 도 지부에서 전화가 걸려 왔다. 전화를 받은 상무가 펄쩍 뛰었다.

“우리 조합장님이라니요, 무슨 소립니까? 우리 조합장 그만두면 영주축협 큰일 납니다. 사표 반려해 주십시오.”

도 지부에서 연락이 와 사표를 반려하고 다른 직원의 이름 하나를 써내라고 종용했지만 나는 ‘평안감사도 제 싫으면 그만’인데 사표를 수리해 달라고 완강하게 버텼다. 그게 누가 됐든 다른 직원이 희생되는 걸 막기 위해 일부러 더 고집을 부려 도 지부의 항복을 받아냈다. 전국에서 유일하게 축협 영주 지부에서는 아무도 퇴출당하지 않고 쉬쉬하며 넘어가는 분위기였다. 나중에 이야기를 들으니 영주축협 직원들이 중앙으로 교육을 가면 “당신은 참 복도 많소. 그런 조합장을 모시고 있으니 짤릴 걱정 안 해도 되고”라는 농담을 들었다고 한다.

조합의 분위기도 좋아지고 조합원들의 사기가 오르니 상승작용을 일으켰다. 직원들 스스로가 회의를 열어 우리도 무언가를 해야 한다는 각오를 다지는 것 같았다. 아무도 이야기하지 않았지만 한 시간 일찍 출근해서 한 시간 늦게 퇴근하기로 결의했다. 요즘 같으면 직원들의 노동시간을 착취하는 몹쓸 조합장이라는 소리를 들을지 모르겠지만 직원

봉산농장 견학

들 스스로가 조직을 위해 봉사하고 헌신할 준비가 되어 있었다는 것은 고무적인 일이 아닐 수 없다. 직원들은 스스로 시장에 나가 상인들에게 잔돈을 바꿔주고 그들의 애로 사항을 들으면서 신뢰를 쌓아갔다.

직원들과 조합원들의 노력으로 전국 최우수조합상을 수상하는 쾌거를 이뤘는데 부상으로 조합장 승용차가 나왔다. 나는 승용차를 반납하고 화물차로 바꿔달라고 억지 아닌 억지를 썼다. 기름값이며 관리비를 내 사비로 충당하는 내 승용차는 이미 있으니 줄 거면 조합원들의 사료 배달이

나 축산물 운송에 쓰임새가 많은 화물차를 달라는 것이었다. 이것도 인근 지역 조합들 사이에서 소문이 돌면서 '참 희한한 조합장'이라는 별명도 얻게 되었다. 1973년에는 자립 부문과 과학영농 부문, 협동 부문 등 모든 분야에서 최고점을 받으며 '새농민상 종합상'을 받고 전국 새농민회 회장으로 선출되는 영광도 누렸다.

세 번째 조합장 선거에는 안 나가려고 기를 썼지만 출마하려는 이가 없어 다시 맡을 수밖에 없었고 네 번째는 워낙 완강하게 고사를 한 터였지만 이번에는 김진영이가 한 번만 더 맡아달라는 전 조합원의 진정서까지 내밀며 발목을 잡았다. 돌이켜 보면 영주축협과 함께했던 시간은 전 직원과 조합원들이 한마음이 되어 열정을 불태우던 참 행복한 날들이었다. 내게 행복한 날들을 선사해 주었던 그분들께 다시 한번 진심으로 감사의 말씀을 드린다.

중앙 정치에 도전하다

37세에 영주축협 조합장에 취임해 네 번 연임을 하고 어느덧 오십이 된 어느 날이었다. 농협중앙회에서 그간의 내 수고를 보상이라도 해주려는지 해외 연수를 보내주었다. 호주와 뉴질랜드, 마지막으로 태국을 거쳐 오는 여정이었다. 호주와 뉴질랜드에서는 그야말로 선진 축산의 생생한 현장을 보며 많은 생각을 할 기회가 되었다. 그 나라들과 우리나라의 여러 환경적, 경제적 여건들이 달랐지만, 우리 축산의 미래를 위해 무엇을 해야 할 것인가를 그 나라들과 비교해 깊이 고민해 보는 새로운 계기를 만들어주었다. 마지막에 들른 태국에서는 가벼운 마음으로 관광을 즐기고 돌아왔다.

집에 돌아와 여행 보따리를 풀기도 전에 그 당시 여당이던 민정당 중앙당에서 연락이 왔다. 컬러, 흑백 각각 스물다섯 장씩 김진영의 사진을 가지고 서울의 팔레스호텔 918호로 당장 상경하라는 것이었다. 무슨 영문인지도 몰랐고 아직 여독旅毒도 풀리지 않은 터라 부랴부랴 사진을 챙겨 영주시 당 사무국의 최경호 국장을 대신 보냈다. 돌아온 최 국장의 말에 따르면 본인은 안 오고 사진만 보냈다고 호되게 책망만 받았다고 했다. 그에게 괜히 미안한 마음이었을 뿐, 별생각 없이 지내던 며칠 후 신문에 난리가 났다. 김진영의 이름이 민정당 국회의원 공천자로 떡하니 올라 있었다. 지역 정서상 민정당의 공천을 받으면 절반은 당선된 거나 마찬가지로 여기던 시절이었으니 놀라운 일이 아닐 수 없었다.

영주, 봉화, 영양을 합한 통합 선거구가 영주, 영풍과 봉화, 영양으로 분리가 되고 오한구 의원이 봉화, 영양으로 가면서 영주, 영풍 지역구에 나를 추천한 것이다. 공천심사위원회에서 10여 년의 왕성한 축협 활동 이력을 높이 산 것인지 공천심사를 통과하게 되고 나는 번갯불에 콩 구워 먹듯이 그렇게 집권당의 지역구 국회의원 후보가 되었다. 그렇게 의도하지 않게 출사표를 던지게 되었지만, 그냥 금배

지만 달고 세비만 축내는 의원이 되지 말자, 나라와 지역을
위해 내 모든 걸 아낌없이 바치는 의원이 되자는 결의만은
굳게 다지고 선거운동을 시작했다.

선거 포스터

김창근 전 의원이 무소속으로 출사표를 던졌다. 김창근, 그가 누구인가? 민주공화당에서 4선 의원을 거치면서 당 정책위 의장, 민추협 부의장 등을 지낸 중앙 정가에서도 유명한 거물 정치인이었고 지역구에서도 많은 추앙을 받던 정치인이 아닌가? 나 같은 젊은 정치 초년생으로서는 넘지 못할 큰 산 같은 거물이었다. 서울에서 기자들이 내려와서 김 의원만 만나 취재하고 올라갈 정도였다. 나 같은 이름도 없는 정치 신인에게 그들은 아무 관심도 없었다. 그러나 김창근

이라는 거물의 그늘에 가려 위축되어 있을 수만은 없었다.

'진심과 성실과 겸손이 이제까지의 나의 무기가 아니었던가? 그것은 한 번도 나를 배신한 적이 없었던 소중한 가치가 아니던가? 정치 역학적 전략들을 나는 모른다. 가장 기본적인 것에 충실하자는 게 내 전략이고 내 무기이다.'

나는 다시 한번 그 초심으로 돌아가야 한다고 다짐하고 또 다짐했다. 그렇게 스스로 다짐하고 나니 오히려 마음이 편해지고 자신감도 생겼다. 그렇게 중앙 정치에 출사표를 던지고 13대 국회의원 선거에 뛰어들었다.

뜨거웠던 봄

건국 이래 최대의 행사였던 88올림픽을 다섯 달쯤 앞둔 봄이었다. 사상 초유의 큰 행사를 앞두고 사회 전체가 들떠 있는 분위기 속에서 봄꽃들이 앞다투어 피기 시작하고 봄이 성큼 다가와 있었지만, 춘래불사춘春來不似春, 봄은 봄이로되 옛 봄이 아니었다. 꽃들에 눈길 한번 주지 못하는 봄이었다.

본격적인 선거운동이 시작되면서 분위기가 달아오르기 시작했다. 선거유세는 영주초등학교 운동장에서의 합동 정견 발표로 시작되었다. 보조 연설자와 함께 단상에 오른 김창근 전 의원은 산전수전을 다 겪은 정치인답게 노련한 연설로 청중들을 사로잡았다. 대중 연설의 경험이 거의 없던 정치 신인이 주눅 들지 않을 수 없었다. 유세장만 다녀오면

옛날 선거유세 모습

풀이 죽었다. 후보자가 의기소침해 있으니 선거운동원들도 후보자를 따라 사기가 떨어지는 게 당연했다. 풍기에서의 유세는 더 엉망이었다. 내가 무슨 말을 했는지, 무슨 말을 하고 있는지, 그리고 무슨 말을 해야 하는지, 머릿속이 하얘지면서 뒤죽박죽이 되어 공황 상태에 빠질 지경이었다. 신출내기 연사에게 캠프와 주변에서 이것저것 주문이 너무 많았다. 나를 위한다고 하는 고마운 조언들이었지만 코치들이 너무 많아 갈팡질팡했다. 배가 산으로 간 것이었다.

'흉내 내지 말자, 틀에 맞추어 웅변적으로 말할 필요가 없다. 내 마음속에서 우러나는 나 자신의 말로 대화하듯이 진솔하게 다가가자.'

그렇게 마음을 먹자 오히려 마음이 편안해졌다. 주변에서 써주는 원고들을 제쳐두고 우리가 모두 알고 있는 영주의 현실과 미래에 대한 내 구상을 마치 동네분들과 대화하듯이 풀어나가기 시작했다. 우리의 일상어인 사투리들까지 여과 없이 구사되었음은 물론이다. 세 번째 부석 유세부터 청중들의 반응이 조금씩 나아지더니 그다음 평은 유세 때는 확연히 달라진 분위기가 피부로 느껴졌다. "김진영이, 거 구수한 사람이더라" 하는 말들이 사람들의 입에서 입으로 전해졌다. 마지막 영주 역전의 유세 때에는 구름같이 모여든 청중들의 박수와 환호, 그리고 '김진영'을 외치는 구호소리가 역 광장을 가득 채웠다. 다시 한번 진심과 겸손이 보답받는 순간이었다.

요즘처럼 선거비용이 규제받고 투명하게 관리되는 시대가 아니었다. 선거비용에도 많은 어려움이 따랐다. 그동안 축협 활동을 하면서 분에 넘치는 신뢰를 보여주셨던 많은 분이 사비까지 써가면서 도와주었다. 앞에서도 이야기했듯 아버님이 알게 모르게 이웃들에게 쌓으신 공덕도 많은 도움이 되었다. 경로당을 방문하면 어르신들이 반갑게 맞아 주시면서 한결같이 말씀하셨다.

“오, 자네가 화생의원 아들이제? 여기는 아무 걱정 하지 말고 가게. 다시 올 필요도 없네.”

선거기간 동안 그런 어르신들도 발 벗고 나서서 도와주셨다. 그분들의 도움이 선거기간 내내 큰 힘이 되었다. 아버지께서 내게 남기신, 돈으로 따질 수 없는 값진 유산이었다. 제대로 하자면 밑 빠진 독처럼 엄청난 선거비용이 들겠지만, 그것은 내 능력 밖이었다. 그 대신 새벽부터 밤이 이슥하도록 발이 부르트게 이 골목 저 골목 다니면서 유권자들을 만났다. 늦은 밤 집에 들어와 몸을 뉘면 시체처럼 뻗어버렸지만, 다음 날 새벽이면 또 아무 일도 없었던 듯 유세 현장으로 뛰어나갔다. 나의 진심을 말씀드릴 기회를 얻기 위해서는 한 분이라도 더 손을 잡아야 했기 때문이다.

‘김진영 영주, 영풍 제13대 국회의원 당선!’

자기 일처럼 뛰어준 동지들과 시민들이 함께 이루어낸 결과였다. 그 뜨거웠던 봄, 그분들과 함께여서 행복했고 오랜

선거 홍보

세월이 흘렀지만, 그 분들을 생각하면 지금도 가슴 밑바닥에서 뜨거운 감사의 마음이 치솟아 오른다.

서울 중앙당사에서 당선자 세미나가 열렸다. 당선자들의 상견례 자리이기도 했다. 내가 영주에서 올라온 김진영이라고 인사를 하자 당의장이던 김재순 의원과 원로인 박준규 의원이 우스개처럼 말했다.

“아니, 당신처럼 무르게 생긴 사람이 어떻게 천하의 김창근 의원을 꺾었어?”

“제가 한 게 아닙니다. 지지해 준 동지들이 했습니다.”

나의 대답에 그들이 껄껄거리며 말했다.

“김 의원, 보기보다는 말하는 게 궁리가 있네.”

정치는 설득의 미학

지방에서 올라온 초선의원에게 국회는 낯선 광야 같은 곳이었다. 내가 내세울 수 있는 것은 역시 진심과 성실과 겸손밖에 없었다. 지역구에는 당선 감사 인사만 대충 올리고 서울로 왔다. 국회에서의 입지를 넓혀야 지역구를 위해 해야 할 일들을 할 수 있다는 생각에서였다. 몸을 낮추어 여야 가리지 않고 선배 의원들을 찾아다니며 안면도 넓히고 조언을 구했다.

그런 노력이 결실을 본 것일까, 13대 국회의 농수산위원과 예결위원, 그리고 법률심사소위원회의 위원장까지 맡는, 초선의원으로서는 분에 넘치는 직책에 임명되었다. 우리 지역 경제가 농축산업을 근간으로 하고 있으므로 농수산위원이야말로 탐나는 자리였고 나라의 모든 살림살이를 심사하는 예결위원에다 법률심사소위원회의 위원장까지 된 것은 하늘이 도운 일이 아닐 수 없었다. 국회가 다뤄야 하는 가장 중요한 일이 법과 예산이었기 때문이다.

어떤 이에게 어떤 일이 맡겨졌다면 반드시 중요한 이유가 있을 것이고 그 자리를 통해 자신의 존재 이유를 현실로 구현해 내야 한다는 게 내 변함없는 철칙이었다. 혼자의 힘만으로는 아무것도 이룰 수 없다. 국회에서 농어촌발전특별조치법에 자조금自助金법을 발의해 통과시킨 일이나 농어업

국회 본회의 질의

재해대책법을 발의한 일, 그리고 지역사업 등 수많은 크고 작은 일들을 해나가는 과정에서 가장 중요한 일은 동료 의원들이나 유관 기관의 합의를 끌어내는 것이었다. 정치는 설득의 미학이다. 때로는 반대파까지 설득해야 한다. 타인을 설득하기 위해서는 먼저 자신부터 설득해야 한다. 그 사안에 대한 나 자신의 확신과 명분부터 바로 서 있어야 한다는 말이다. 그리고 그다음 단계는 자신을 낮추는 것이다. 모든 공직 생활을 통해 내가 금과옥조처럼 지켜온 것이 있다면 권위주의를 철저하게 배제해야 한다는 것이었다.

농민들과의 대화

설득하거나 합의를 끌어내기 위해 중앙정부의 장차관실이나 기타 기관들을 방문할 때면 국회의원 배지도 달지 않고 보좌관이나 비서들을 일절 대동하지 않았다. 예를 들자면 이미 안동으로 예정돼 있던 신용보증기금을 영주로 유치할 때도 그랬다. 국회의원의 신분을 미리 밝히지 않은 채 이사장의 면담을 신청하고 밖에서 기다렸다. 장관도 국회의원을 십 분 이상 기다리게 하지 않는 게 관례였다. 시간이 흘러갔다. 십 분이 지나고 삼십 분이 지나고 한 시간이 되도록 군말 없이 기다렸다. 한 시간이 훨씬 지나서야 이사장을 만날 수 있었는데 국회의원의 명함을 내밀었더니 갑자기 당황해 하는 모습이 역력해 보였다. 어쩔 줄 몰라 하는 이사장의 거듭되는 사과를 들으면서 속으로는 쾌재를 불렀다. 자신을 낮출수록 설득의 영역은 넓어지는 것이기 때문이었다. 그 시절 안동의 유 모 국회의원은 신용보증기금을 감독하는 재무위원으로 있었다. 나중에 신용보증기금의 영주 유치를 알게 된 유 의원의 거센 항의가 있었음은 물론이다.

자조금법을 만들다

국회가 해야 하는 가장 큰 일이 법안을 심사하고 제정하는 것이다. 그 시절이나 지금이나 여의도의 정치권을 보면 짜증스럽고 위태롭고 불안하다. 그중에서도 꼭 필요하고 좋은 법안들이 당쟁에 발목을 잡혀 법적 기일을 지키지 못하고 사문화되는 걸 보면 가장 안타깝다. 내가 몸담고 있던 13대 국회는 그래도 좀 나았던 것 같다. 여소야대의 불안한 4당 체제였으나 서로 싸우면서도 타협하기도 하는 정치가 이루어졌다. 인사청문회가 자리 잡아 가고 국정감사가 부활하였으며 민주화의 기틀이 세워지고 있었다.

자본주의 사회에서 위헌적 발상이기는 하나 대기업의 축산을 금지하는 법이 제정되어 용인자연농원의 대규모 양돈장이 폐쇄되는 등 소규모 영농인들의 권익을 보호하는 법이 만들어지기도 했다. 농민의 소득 증대와 권익 보호를 위한 농어촌발전특별조치법, 농어촌공사법 등 많은 법안이 발의되고 제정되었다.

국회 발언

내가 주도해 자조금법을 제정한 일은 드라마틱한 순간의 연속이었다. 자조금自助金법이란 양계나 양돈, 과수 등을 재배하는 농민 단체들에게 가격 안정이나 홍보를 돕기 위해 작목별로 정부가 지원해 줄 수 있는 법적 근거를 마련하는, 한글 사전에도 없고 법률 용어로도 쓰인 적이 없는 생소한 법이었다. 오늘날까지 농가와 농산물의 경쟁력 강화에 큰 성과를 거두고 있는 자조금법을 농어촌발전특별조치법에 포함해야 한다는 게 내 생각이었다. 당시 정부와 국회, 심지어는 일부 농업인 단체들까지 자조금법에 대한 이해가 부족한 듯했다. 그들에 의해 자조금법의 통과는 다음 기회로 미루자는 쪽으로 여론이 기울었다. 그러나 한번 물러서면 더욱 어렵게 될 수 있어 농가와 농민들을 위해 반드시 통과시켜야겠다는 조바심이 났다. 법률심사소위원회의 위원장으로서 엄정한 책임을 느꼈음도 물론이다. 그동안 자조금법의 필요성에 대해 긴밀히 의견을 나누어온 동료 의원들과 농민 단체, 농업 연구기관의 연구원들, 그리고 실무적인 수고를 아끼지 않은 양돈협회 임원들의 얼굴이 눈앞을 스쳐 지나갔다.

시간이 흘러가고 통과 시한까지 초읽기에 들어갔다. 한 시간 이내에 법률심사소위원회를 거쳐 농수산위원회와 법사위원회 그리고 이어서 본회의에 상정시켜 통과시켜야 하는 긴박한 순간이었다. 평소 신뢰를 쌓아온 김영진 의원과 박태권 의원을 설득하고 재촉해 본회의가 열리기 직전에 상정해 가까스로 본회의를 통과할 수 있었다.

우리나라 농어업 분야에 그 제도가 도입된 지 30년이 지났다. 축산, 원예 및 수산업 등 많은 분야의 농어민들이 그 혜택을 보고 있다고 한다.

10여 년 전쯤 초청장이 하나 날아왔다. 자조금 도입 20년

자조금도입백서 출판기념회

을 맞아 백서를 발간하는 자리에 와달라는 거였다. 양재동 외교센터에서 열린 그 행사에서 회고사를 해달라는 청이었다. 내가 뿌린 작은 씨앗이 싹을 틔워 나무가 되고 큰 숲을 이루게 되었다는 사실에 큰 긍지와 보람을 느끼게 해준 하루였다.

중앙고속도로에 얽힌 이야기들

서울은 대한민국의 혈맥이 모여드는 심장이다. 위쪽에서든 아래쪽에서든 서울로 가는 길을 상경上京, 즉 '서울로 올라간다'라고 하는 것도 그런 이유에서다. 특히 지방 도시의 경우 서울로의 접근성이 그 도시의 발전 가능성을 좌우하기 마련이다. 우리 지역은 철도와 육로 어느 쪽이든 서울까지 네 시간이나 소요된다는 것이 지역발전을 가로막는 핸디캡이 되어온 게 사실이다. 지금이야 중앙선 복선전철화로 한 시간 십 분대의 서울 길이 눈앞으로 다가왔지만, 그 당시에는 중앙고속도로가 무엇보다 절실했었다. 서울 길을 두 시간 삼십 분대로 단축할 수 있었기 때문이다.

국회 예결위원으로 중앙고속도로의 필요성을 기회 있을 때마다 강조했고 예산에 반영되도록 최선의 노력을 다했다. 국토종합개발계획에 들어 있었지만 제천-안동 구간의 건설 시기를 앞당기는 게 필요했다. 드디어 건설 예산에 반영시키고 한시름을 놓고 있는데 충격적인 설계도를 입수하게 되었다. 단양에서 죽령을 넘은 도로가 도솔봉을 크게 우회하면서 예천 하리를 지나 안동 풍산을 지나도록 설계되어 있었다. 풍기와 영주를 지나가지 않는 설계도면을 보고 충격에 휩싸이지 않을 수 없었다. 영주 사람들이 서울 가는 고속도로를 타려면 예천으로 가야 한다는 이야기였다.

즉시 건설부 장관과 도로공사 사장을 찾아갔다.

"나라에서 어마어마한 예산을 들여 고속도로를 만드는 목적이 뭡니까? 주민들의 편의와 지역발전을 위한 기 아닙니까? 이 두 가지 목적을 하나도 충족시키지 않는 이런 엉터리 고속도로를 우리 영주시민들은 절대로 받아들일 수 없습니다."

지도를 펼쳐놓고 이 도로가 영주 사람들에게는 얼마나 말도 안 되게 불합리한지를 설명하고 영주를 빠트린 이유를 따지며 강력하게 항의했다. 그들은 내 얘기를 수긍은 하면서도 설계를 변경하려면 3,400억 원의 예산이 더 소요된다며 난색을 보였다. 내심 예천 국회의원의 눈치를 보고 있는 게 아닌가 하는 의구심이 들었다. 그 시절 예천 지역구의

중앙고속도로

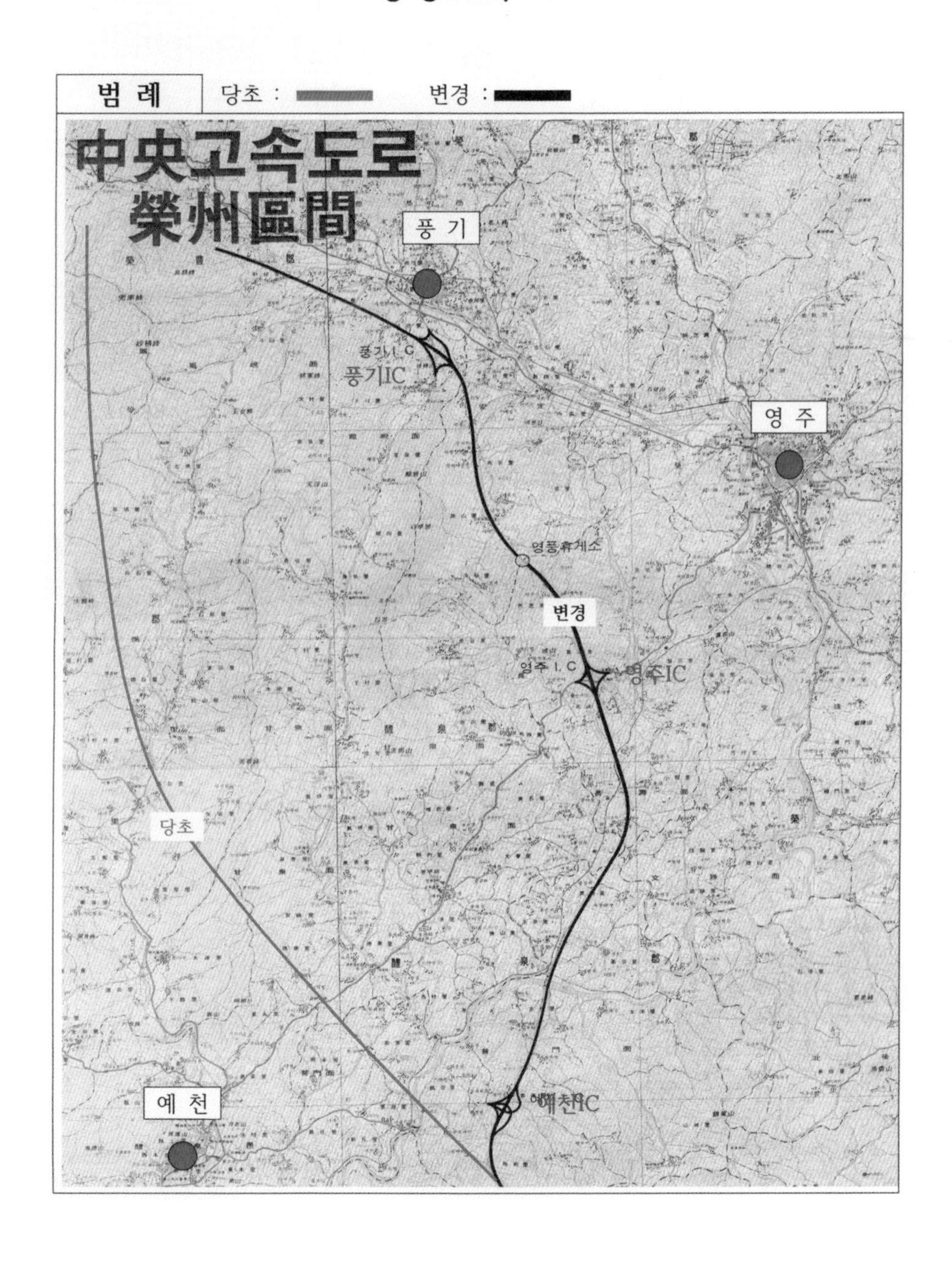
범 례
당초 :
변경 :
中央고속도로
榮州區間
풍 기
풍기 I.C
풍기IC
영 주
영풍휴게소
변경
영주 I.C
영주IC
당초
예 천
예천IC

유학성 의원은 12·12의 주체이자 국회에서 국방위원장까지 맡고 있는 5공 신군부의 실세 중의 실세였기 때문이다.

다음 날부터 유학성 의원의 국방위원장실의 문턱이 닳았음은 물론이다. 노선 변경의 필요성을 역설하기 시작했다. 예천 상리가 처가 있는 곳이고 용궁면은 외가라는 얘기까지 해가면서 애원해 보았지만, 더 소요돼야 하는 예산 핑계를 대면서 요지부동이었다. 며칠 동안 그를 찾아다니면서 중대 결심을 하지 않을 수 없었다. 어느 날, 국방위원장실에 들어서자마자 출입문을 걸어 잠갔다. 의아하다는 듯이 유 의원이 멀뚱멀뚱 나를 쳐다보았다.

"왜 이럽니까, 김 의원?"

"위원장님, 오늘 내 부탁을 들어주지 않으면 우리 둘 다 이 문을 못 나갑니다. 건설부 장관과 도로공사 사장한테 전화 한 통 넣어주든지, 아니면 날 죽이든지 살리든지 알아서 하이소!"

기가 차다는 듯이 한참이나 한숨을 푹푹 쉬던 그가 전화기를 들었다.

"김진영 의원과 협의해서 고속도로가 영주를 지나가게 해 주소."

노선 변경을 관철한 후 이번에는 IC 문제로 도로공사 사장과 오랜 말씨름을 해야 했다. 대구 쪽에서 오면 영주(장수)IC에서 내려야 하고 서울 쪽에서 오자면 풍기IC에서 내려야 하니 IC 두 개를 만들어달라고 버텼다. 결과적으로 지금의 풍기IC 와 영주(장수)IC는 전국에서 그 간격이 가장 가까운 IC가 되었다.

죽령터널 관통

지금도 원주와 단양과 안동에도 있는 고속도로 휴게소가 영주에는 왜 없는지 불만을 토로하는 시민들이 계신다. 고속도로가 완공된 후인 민선 2기 시장으로 재직할 때의 이야기다. 중앙고속도로의 휴게소들이 전부 적자운영을 하고 있고 영주에 휴게소를 지으면 단양휴게소와 안동휴게소와의 거리가 너무 가깝다고 난색을 보이는 도로공사와 담판을 벌이기 시작했다. 먼저 고속도로가 지나는 안정면 대룡산 인근에 휴게소 용지부터 마련하고 도로공사를 설득하기 시작했다. 적자를 면할 수 있는 묘안이 있으면 말해보라는 대답이 돌아왔다.

"적자를 우려한다면 우리 시가 직접 경영하겠다. 다른 휴게소들과 차별화 전략으로 충분히 경쟁할 자신이 있다. 천편일률적인 휴게소 건물이 아닌 우리 지역의 역사성을 고려한 양식의 건물이나 아니면 스위스의 별장같이 멋스러운 휴게소를 짓겠다. 지역 농축산물을 이용한 새로운 메뉴를 개발해 누구나 한번 들르고 싶은 중앙고속도로 최고의 명소를 만들겠다."

이번에는 직영이 아니면 고속도로 휴게소를 세울 수 없다는 도로공사의 규정을 내밀었다.

"법이란 게 사람들 편하게 하자고 있는 게 아닙니까? 최고의 휴게소를 만들어 보이겠소. 적자가 나면 우리 시가 책임지면 될 것 아니오?"

꽤 오래 옥신각신하는 과정을 거치고 마침내 도로공사가 규정을 바꾸기에 이르렀다. 지금 우리가 중앙고속도로를 경유해 서울에 갈 때 자주 들르게 되는 덕풍휴게소가 그렇게 바뀐 규정으로 세워진 것으로 알고 있다. 아시다시피 지금 덕풍휴게소는 영동고속도로의 휴게소 중 가장 인기 있는 명소로 주목을 받고 있다. 차별화된 최고의 명품 휴게소를 꿈꿨지만, 용지까지 마련하고 규정까지 바꿔놓고도 임기가 끝나 추진하지 못한 영주휴게소는 지금도 못내 아쉬움으로 남아 있다.

◆

3부

굿바이, 여의도

야당으로 가라

13대 국회는 1987년 직선제로 대통령을 뽑기 시작한 후 첫 국회였다. 국정감사가 부활하고 국회의 대정부질문 등이 강화되면서 국회의 역할이나 영향력이 한층 확대되었다. 농수산위원으로서 해야 할 일들이 산재해 있었다.

농촌에서 땀 흘려 생산한 작물들이 제값을 받지 못해 도시와 농촌 간의 소득 격차가 점점 더 벌어지고 있었다. 가을에 추수해 봐야 비룟값, 인건비 등을 제하고 나면 남는 게 없어 빚은 눈덩이처럼 불어나고 희망이 보이지 않았다. 농촌에서 땀 흘리며 살아온 죄로 농촌의 총각들은 장가조차 갈 수 없는 안타까운 현실이었다.

농업을 기반으로 하는 지역구 의원에다가 농수산분과위원으로서 해야 할 일이 산더미였다. 대정부질문 등을 통해 농어촌 투자 확대, 농가 부채 해결 방안, 농민 소득 증대 방안, 농림수산부 예산 30% 증액 등을 집요하게 따지고 요구했다.

국정감사 반장

수입농산물들이 물밀듯 들어오던 시절이었다. 수출로 먹고사는 우리나라에서 내 물건만 팔고 남의 물건은 사지 않을 수는 없는 일이라 어쩔 수 없었다고는 하나 수입농산물의 품목이나 품질에서는 엄중한 감시가 필요했다. 의원실로 많은 제보가 들어왔다. 수입농산물들에 대한 관리 부실에 대한 제보들도 있었다. 충남 서산에서 수입 소고기 30트럭을 암매장했다는 제보를 듣고 현장에 달려가 콘크리트를 깨고 그 밑에 비닐 포대로 싸서 묻은 불량 수입 소고기를 찾아내고, 부산 동래 검역소 뒷산에 병든 수입 소 수백 두를 매장한 사실을 폭로하기도 했다. 평택에서 불량 수입 고추 여러 트럭을 몰래

파묻었다는 제보를 사실로 밝혀 무분별한 농산물 수입에 경종을 울렸다. 국회에서 해당 장관과 담당관들을 불러 호되게 따지고 대책을 요구했다. 우리 당 의원들로부터 너무 심하게 하지 말라는 무언의 압박이 없지 않았지만, 야당 의원석에서는 많은 박수를 받았다.

"김 의원, 이러다가 당신 때문에 우리 민정당 표 다 떨어지겠소. 그럴 바에야 차라리 야당으로 가시오."

그렇게 농담 반 진담 반으로 말하는 우리 당 의원들이 있었지만 잘못한 것은 밝히고 대책을 세워야지 끌어안고 감추기만 해서는 오히려 사태를 악화시키고 아무것도 해결할 수 없다는 내 생각에는 변함이 없었다. 내가 속한 당의 이해利害를 떠나 국민 앞에 당당하고 싶었다. 국회에 가서 일하라고 나를 뽑아준 것은 우리 지역민들이었고, 무엇보다 농수산위원으로서 내가 할 일을 하는 게 우리 당으로서도 나쁠 게 없다는 생각이었다. '국가와 국민'이라는 명제 앞에서는 지역이나 정당에 따른 편 가르기는 철저히 배제되어야 하는 것이다.

국회의원이 하는 가장 중요한 일은 법안을 만드는 일이다. 농수산위원으로 그리고 국회 법률심사소위원회 위원장

변질 수입 소고기 매장 현장

으로 농민들의 권익을 보호하기 위한 법률 제정에 노력을 기울였다. 농어가 부채 경감에 관한 특별조치법, 농어촌진흥공사 설립 및 농지 관리 기금 설치법, 농어촌 발전 특별조치법, 농수산물 가공산업 육성법 등 많은 법률을 심의하고 제정하는 데 앞장섰다. 그 시절 여소야대의 국회에서 우리 당 의원들뿐만 아니라 내게 호감을 느끼고 있던 많은 야당 의원들의 협조가 있었음은 물론이다.

국회의원을 그만둔 뒤의 일이었다. 국회 시절 호형호제하

변질 수입 고추 매장 현장

며 친하게 지냈던 전남 강진에 지역구를 두었던 민주당의 김영진 의원이 노무현 정부의 농림부 장관이 되었다. 그가 그때 공석이 된 마사회 회장에 나를 천거했지만, 마지막 단계에서 성사되지 못했다. '민정당 경북도당 부위원장'이라는 내 전력이 발목을 잡았다는 후문에 좀 씁쓸했다. 그때나 지금이나 정치하는 사람들은 숙명적으로 편 가르기에서 벗어나지 못한 것일까?

이어령 장관의 기억

지난 2월 우리 시대의 지성 이어령 교수가 세상을 떠났다. 그는 1960년대에 『흙 속에 저 바람 속에』 등의 저작을 발표하면서 우리 한국인의 정체성을 규명함으로 우리 현대의 정신문화에 가장 큰 영향을 끼쳐온 학자이자 문학가였다. 88올림픽 개회식에서 굴렁쇠 소년을 등장시켜 우리 생애의 잊지 못할 추억을 남겨준 분이기도 했다.

초대 문화부 장관으로 재임하던 시절 국회에서 그를 처음 만났다. 나는 영주와 같은 중소 도시의 살길은 인구 소멸을 막을 수 있는 많은 일자리를 가진 기업의 유치와 지역 농산물의 차별화 전략, 그리고 문화관광 교육 시스템의 확충이라고 늘 생각해 왔다. 새로 생긴 문화부의 정책으로부터 문화관광 분야에서 우리 지역이 얻을 수 있는 게 무엇일까에 대한 고민으로 이 장관의 정책에 많은 관심을 쏟지 않을 수 없었다. 그의 정책 아이디어들은 참신하고 기발했지만 그걸 현실화할 수 있는 정책의 부실함이 드러나 보였다. 평생을 학계와 문화계에만 몸담아 온 분으로 어쩌면 당연한 일이었을 것이다. 국회에서 대정부질문을 통해 정책에 대해 질의를 하고 그의 답변들을 꼼꼼하게 기록했다. 국회에서의 질의 답변 속기록도 빠짐없이 챙겼다.

지금은 상상할 수 없는 일이겠지만 그 시절에는 국회에 안기부 담당관이 상주해 있었다. 어느 날 그로부터 비서관을 통해 만나자는 요청이 왔다. 정치에 문외한인 신임 장관이 국회에서 곤혹스러운 질문을 받지는 않을까 하는 걱정에서였던 것 같다.

"의원님, 정치의 정 자도 모르시는 신임 장관께 뭘 그리 따지려 하십니까? 우리 장관님 잘 좀 봐주십시오."

"장관님의 아이디어는 참 좋으신데 그걸 실행할 수 있는 정책이 부족해 보여 그럽니다. 장관님께 드릴 말씀도 있고 하니 담당관님이 나서서 장관님을 만날 기회를 한번 만들어주이소."

이 장관과의 만남이 성사되었다. 국회 귀빈 식당에서 만난 그는 알고 있던 대로 정말 해박하고 합리적인 분이었다. 국회에서의 질의 답변과는 달리 그의 설명을 듣노라면 저절로 고개가 끄덕여지는 분이어서 많은 아이디어를 얻고 배울 수 있는 귀중한 시간이었다. 그러나 그와의 만남을 통해 내가 얻고자 한 것은 다른 데 있었다.

대화의 말미에서 우리 지역의 이야기를 자연스럽게 꺼냈다. 먼저 영주의 문화적, 역사적 배경을 설명하는 것으로 대화를 시작했다. 영주는 조선 500년의 통치 이념이었던 성리학을 정립한 문성공 안향과 조선의 통치 시스템을 만든 삼봉 정도전의 고향이다. 영주의 소수서원은 우리나라 최초의 사액서원이고 화엄 종찰인 부석사가 있는 고장이다. 이런 유서 깊은 고장에 요즘처럼 가치관이 무너진 세상에 선비정신을 함양하고 누릴 수 있는 상징적인 무언가를 세울 필요가 있지 않겠는가? 고개를 끄덕이며 내 말을 끝까지 들은 그가 말했다.

"무엇을 어떻게 해드리면 좋겠습니까?"

"장관님, 이렇게 말만 오가다가 흐지부지될 수도 있으니 국회 대정부질문 시간에 제가 질문하고 장관님이 답변하시는 형태로 아주 속기록에 남깁시다."

이어령 장관은 기가 막힌다는 듯이 허허허 유쾌하게 웃

었다.

"좋습니다. 그러십시다."

그날 이어령 장관과의 만남이 선비촌 구상의 시작점이었다. 그의 지시로 문화부 담당관들과의 대화가 시작되었지만, 곧 그 구상을 접을 수밖에 없었다. 그 과정에서 국회의원을 그만두게 된 것이었다. 그러나 그런 아쉬움이 남아 몇 년 뒤 민선 시장 재임 시절 선비촌 조성을 다시 추진해 그 뜻을 이루게 되었다.

선비촌의 꿈이 처음 시작되었던 그날의 만남을 추억하며 삼가 우리 시대의 지성 이어령 교수님의 명복을 빌어본다.

교촌동 1번지

4년제 대학 설립은 지역민들의 오랜 염원이었다. 그러나 인근 안동에 이미 종합대학과 교육대학 등이 있으므로 영주에 설립 인가를 받는 일이 어려운 형편이었다. 교육부의 의지는 완강했다. 그러나 진정성과 끈질김으로 포기만 하지 않는다면 안 될 일이 없다는 게 내 오랜 신념이었다. 영주는 우리나라 최초의 사립대학인 소수서원이 있는 유서 깊은 교육의 요람이었다. 지방화시대라고 주장하면서 수도권의 교육 집중화를 막으려면 지방대학을 발전시켜야 되지 않는가, 차별화된 지방대학을 만들겠다, 뻰질나게 교육부를 드나들며 설득했다. 마지막으로 요지부동의 교육부를 설득할 수 있는 카드를 내밀 수밖에 없었다.

앞으로 맞게 될 정보산업화시대의 첨단산업 역군들을 길

러내는 지방 최고의 공과대학을 만들겠다는 설득에 마침내 교육부가 손을 들어줬다. 다음에는 설립 주체를 조정하는 문제가 기다리고 있었다. 오랫동안 대학 설립을 준비해 온 분들이 있었다. 재경 향우회장을 지내고 서울의 광영고등학교를 설립해 운영해 오던 손광수 회장과 지역에서 오랜 세월 인재들을 길러온 영광교육재단의 강은구 이사장, 영주 경북전문대학의 설립자 현암재단의 최현우 이사장이었다. 봉화 삽재 옆 임야를 부지로 확보해 놓은 측까지 있어서 조정이 쉽지 않았지만 설득하고 타협한 끝에 현암재단으로 의견을 모으게 되었다.

설립 후보지로 지천 뒷산, 지금의 노벨리스코리아 자리, 안정 대룡산 지역 그리고 풍기가 대두되었는데 지역의 수용 의지가 강하고 부지 조건이 유리해 풍기로 낙점이 되었다. 가끔 옛 어른들이 정한 지명이 예언처럼 잘 들어맞아 놀라울 때가 있다. 영주댐이 들어선 자리가 용이 사는 굴을 뜻하는 용혈龍穴리이고 국립산림치유원 골짜기의 이름이 주치골이라는 것도 예사롭지 않지만, 동양대학이 들어설 자리가 교촌校村동 1번지라는 사실도 놀랍지 않은가?

대학 인가 과정은 산 넘어 산이었다. 인가에 관련된 부서가 교육부만이 아니었다. 국가 예산이 보조되니 경제기획부와 재무부와의 관련 업무부터가 산더미였다. 건설부와 농림부 그리고 내무부까지 준비하고 협상해야 할 과제가 어마어마해 손이 열이라도 모자랄 지경이었다. 건설부와 농림부에 대체 조성비와 전용 부담금을 감면받기 위한 협상은 길고 힘든 전쟁과 다르지 않았다. 그 역시 끈질김과 진정성이 요구되었다. 끈질긴 설득 끝에 마침내 대학을 설립할 부지의 대체 조성비와 전용 부담금을 감면해 주는 법안을 만들기에 이르렀고 동양대학이 그 혜택을 받는 1호 대학이 될 수 있었다.

드디어 1994년 3월에 전자공학과, 제어계측공학과, 통신공학과, 전자계산학과, 산업공학과 등의 신입생을 모집하면서 동양공과대학이 문을 열었다. 소수대학, 영주대학 등의 교명이 고려되기도 했지만 동양 최고의 공과대학을 만들겠다는 포부를 담아 동양공과대학으로 교명을 정했다.

나는 그 시절 미래의 우리나라 밥벌이는 IT(정보통신기술), BT(생명공학기술) 그리고 로봇산업이 주도하게 될 거라고 내다보았다. 그래서 시장 시절에 국비를 받아내 동양대학 인근에 일찌감치 정보화산업단지를 조성해 놓았던 이유도 그 때문이었다. 동양공과대학과의 산학 협력으로 우리 지역이 앞서 나가는 산업기지로 우뚝 서게 되는 날을 꿈꿨다. 그러나 그 꿈은 이루어지지 못했다. 동양공과대학은 나름의 이유가 있었겠지만, 종합대학으로 변했고 동두천으로의 이주를 계획 중이고 조성해 놓았던 정보화산업단지 부지는 시장을 그만둔 후 애초의 목적과는 다르게 흐지부지되어 버리고 식당이 들어서는 등 의미 없는 땅이 되어버렸다.

이루지 못한 꿈은 영원히 아쉬움으로 남는다.

동양대학교

막전과 막후

기회 있을 때마다 하는 얘기지만 우리 영주와 같은 중소도시의 존폐에 가장 큰 영향을 미치는 것은 인구다. 인구가 줄어드는 걸 막으려면 무엇보다 많은 일자리가 있어야 하고 그 일자리를 만드는 것은 큰 기업들이다. 오늘날 KT&G와 노벨리스코리아가 영주 경제에 기여하는 바를 보면 알 수 있을 것이다.

노벨리스코리아의 전신인 삼양금속을 영주에 유치하는 과정에도 겉으로 드러난 것보다 숨은 이야기들이 많다. 그 시절 대기업인 대한전선의 방계회사인 삼양금속이 시설 확장의 목적으로 새 공장을 세우려고 한다는 정보를 입수했다. 마침 그때 삼양금속의 사장이 영주 출신인 정완수 사장이었다. 정 사장을 만나 영주 유치 의사를 타진하자 난색을 보였다. 원료의 100%를 선적으로 수입하고 제품의 80%를 해운으로 수출하므로 공장은 무조건 항구에 세워져야 한다는 것이었다. 상식적으로 생각하더라도 영주 같은 내륙에 공장이 지어졌을 때 발생하는 물류비용은 기업으로서는 감당하기 어려운 조건이었다.

대한전선의 최고 결정권자인 설원양 회장과의 접촉을 시도했다. 기회 있을 때마다 회장실을 방문해 이런저런 대화들을 나누었다. 여느 때와 마찬가지로 비서관도 대동하지 않고 금배지도 달지 않은 채로였다. 모든 일의 중심에는 사람이 있고 사람의 마음을 얻는 게 가장 중요하다. 인간적인 신뢰를 얻는 게 기본 중의 기본이라는 말이다. 설 회장은 소탈하면서도 아주 인간적인 분이었다. 내가 진정성을 가지고 접근하자 설 회장도 마음을 열어주었다. 대한전선의 여러 가지 현안들을 이야기하는 과정에서 어려운 부분이 있으면 내가 한전이나 상공부 등 각 부처를 찾아다니며 해결해 주기도 했다.

"허허, 의원님이 우리 회사 직원들보다 심부름을 더 잘하십니다."

설 회장이 농담으로 던진 말이었다. 지성이면 감천이라고 했다. 서로 인간적인 신뢰가 쌓이면서 영주 공장 설립에 대해 긍정적으로 돌아서고 있다는 느낌이 왔다.

호사다마好事多魔라는 말도 있듯이 어떤 일에든 위기가 닥치는 법이다. 어떻게 정보가 새어 나갔는지 문경에서 폐광지역의 공장 용지를 무상으로 제공하겠다는 유리한 조건을 제시하며 끼어들었다. 이윤을 목적으로 하는 기업으로서는 혹할 수밖에 없는 조건이었다. 큰일이었다. 당장 내놓을 공장 용지가 없었던 것이다. 그만큼 큰 공장을 세우려면 농공단지 조성이 필수적이었다. 그 당시 김상조 도지사를 찾아갔다. 당장 농공단지 인가를 내달라는 내 부탁에 이 지사는 난색을 표했다. 농공단지 조성은 중앙성부의 재원이 있어야 할뿐더러 인허가 과정만으로도 수년이 걸린다는 이야기였다.

"성주, 칠곡에 받아놓은 농공단지가 있긴 한데……."

김 지사가 말끝을 흐렸다. 도저히 불가능하다고 말을 맺으며 그냥 한번 해보는 소리였겠지만 가느다란 희망의 끈조차 놓칠 수 없는 상황이었다. 당장 성주, 칠곡 지역구의장 모 의원을 찾아갔다. 그쪽은 아직 당장 시공할 계획이 없으니 연말에 우리가 인허가를 받아 갚을 테니 우선 영주에 인허가를 좀 빌려달라고 부탁했다. 도지사하고는 이미 이야기가 끝났다는 이야기까지 부풀려 말하는 수밖에 없었다. 그다음 날 장 의원에게서 도지사에게 전화가 왔었다고 한다.

"거, 사기 치는 거 아니요?"

"설마 김 의원이 사기야 치겠소?"

연말에 농공단지를 돌려받지 못한 장 의원이 도지사에게 전화했더란다.

"얼빵한 놈한테 당해도 오지게 당했네."

돌아보면 그런 비슷한 욕을 꽤 여러 번 먹은 것 같다. 지역을 위한 어쩔 수 없는 선택이었다고 자신을 변명해 보지

삼양금속

만 그래도 그분들에게 미안한 마음만은 지울 수 없다. 그러나 일을 해나갈 때는 억지를 부려야 할 때도 있고 타협점을 찾기 위해서는 정치와 행정의 묘수를 부릴 수도 있는 법이다.

그렇게 우여곡절 끝에 적서동에 농공단지를 조성하고 기공식의 첫 삽을 뜨는 걸 시작으로 삼양금속 영주 공장이 세워졌다. 영주의 고용과 세수稅收의 큰 몫을 담당하고 있는 그 공장은 대한전선, 알칸대한, 노벨리스코리아로 그 이름을 바꿔오며 오늘에 이르고 있다. 그때 함께 힘을 보태준 정완수 사장과 관련 인사분들께 감사의 말씀을 드린다.

신뢰를 쌓으며 인간적으로 가까워진 설 회장은 지금의 KT&G 자리에서 시작해 장수IC까지 대한전선 산하의 모든 공장을 옮기고 골프장도 만들겠다는 청사진을 내게 보인 적이 있었지만 안타깝게도 내가 국회의원을 그만두고 흐지부지되면서 골프장도 무주로 계획이 바뀌어버렸다.

굿바이, 여의도

세상에 굿Good 바이, 즉 좋은 이별이란 없다고들 한다. 아무리 좋은 이별인들 아쉬움이나 미련이 왜 남지 않겠는가? 내가 원했든 원치 않았든 국회를 떠나야 할 날이 왔다. 14대 국회의원 선거를 앞두고 공천에서 제외되었다. 금진호 씨에게 공천이 돌아갔다. 그 시절은 노태우 대통령이 청와대에 있었고 금 의원과 대통령은 동서지간이라 이미 예상은 하고 있었지만 아쉬움이 컸다. 사실 나는 자리에 대한 미련은 가진 적이 없다. 해야 할 일이 눈에 번한데 그걸 못 하고 나와야 하는 아쉬움이 컸을 뿐이다. 그러나 어쩌랴, 다음 사람에게 기대를 걸어볼밖에.

돌이켜 보면 국회에서의 4년은 내 생애에서 몸이 가장 고

달팠던 시절이었다. 영주보다는 서울에 있었던 시간이 많았다. 지친 몸을 싣고 서울을 오가던 날들의 연속이었다. 주변에서는 서울을 좀 그만 들락거리고 지역구에도 관심을 가지라고 주문하는 이들이 많았다. 그러나 지역민들의 경조사를 찾아다니며 그분들을 축하하거나 위로하는 일들도 중요하고, 그분들과 눈을 맞추며 대화를 나누는 시간도 중요하겠지만 국회에서 여러 가지 정보들을 접하고 관련 부서들을 찾아다니며 지역의 앞날을 모색해 나가는 것이 진짜 영주를 위하는 길이라고 생각했다. 촌에서 올라온 초선 국회의원 주제에 여기저기 안 쑤시고 다니는 데가 없다는 소리도 많이 들었지만, 초짜 정치인으로서 모르는 것도 배우고 이런저런 안면도 넓히는 일이 무엇보다 중요했다. 여당이 아니라 나는 '영주당'이라는 생각으로 여야 할 것 없이 많은 분과 인간적인 유대 관계를 쌓았다. 그렇게 보낸 국회에서의 4년은 훗날 민선 시장으로서 일을 해나가는 데 많은 도움이 되었음은 물론이다.

국회의원은 휘두를 수 있는 권력도 아니고 거들먹거리게 하는 명예도 아니란 걸 언제나 마음에 새기려고 노력한 4년이었다. 최대한 나 자신의 몸을 낮추었다. 국회의 수위분들

국회 예결위원회 발언

에게도 내가 먼저 인사하려고 노력했다. 그 시절은 지방자치제가 아직 시행되지 않던 시절이라 시청의 인사와 읍면동장 인사까지 국회의원의 재가를 받는 관례가 있었지만 한 번도 시청의 인사에 개입하지 않았다. 지역구 당의 위세도 대단하던 시절이었다. 당의 협의회장이나 당직자들이 지역에서 벌어지는 공사들까지 좌지우지하던 관례도 없앴다. 그 바람에 당직자들에게는 인기가 썩 좋지 않았지만, 힘이란 공정 무사하게 행사되어야지 함부로 써서는 안 된다는 게 내 굳은 믿음이었다.

내세우기 민망하지만, 앞에서 이야기한 일들 외에도 많은 일이 있었다. 지금 마무리 단계에 있는 중앙선 복선전철화 사업의 기초를 놓은 일이나, 소수서원·부석사 복원사업, 농어촌진흥공사 설립, 소수서원 교육관·사료관 신축, 보훈회관 및 충혼탑 건립, 수해상습지구 항구적 재해대책, 하수처리장시설, 순흥·단산 저수지 등 농업용수 개발사업, 봉현·적서·장수 농공단지 조성 등으로 눈코 뜰 새 없는 4년을 보냈다.

여의도를 떠나면서, 할 수 있는 최선을 다했으니 미련을 갖지 말자고 스스로를 달랬다. 이미 그 무렵에는, 태생적으로 영주 사람이었지만, 축산협동조합이나 국회의원을 거치면서 영주의 현재와 미래를 위해 무언가를 하지 않을 수 없는 숙명적인 영주인으로 다시 태어났음을 가슴에 새겨놓고 있었다. 그래, 다시 야인으로 돌아가자. 다시 보름골의 농부로 돌아가서 그 자리에서 다시 시작하자. 어디에서 무엇으로 있든 우리 농촌과 영주를 위해 할 수 있는 일이 있을 것이다.

그런 다짐으로 여의도를 떠나왔다.

어느 기자가 본 국회의원 김진영

사실, 나는 나 자신이나 내가 한 일을 내세우는 걸 제일 멋쩍어하는 사람이다. 주변의 권유에도 불구하고 오랜 세월 이 책을 쓰기를 망설여온 것도 그 때문이다. 지금까지 써온 것만으로도 얼굴이 화끈거리지만 내친김에 더 큰 부끄러움을 각오하고 김진영의 의정 생활을 지켜봐 온 어느 기자의 글을 옮겨보려고 한다. 이미 오래전 지상紙上에 발표된 글이라는 게 내 부끄러움을 좀 덜어주리라는 핑계가 되었으면 좋겠다.

기자가 본 국회의원 김진영

'정직·성실·청렴한 사람이 대접받는 사회', '돈과 권력의 힘에 지배받지 않는 사회', '술수정치가 통하지 않는 사회'가 이룩되는 것이 소망이라고 말하는 김진영 의원은 영주농고와 서울대학교 농대를 졸업하고 줄곧 고향에서 성실히 기반을 닦아온 순수한 농촌 출신의 초선의원이다.

그는 특히 남들보다 발언을 많이 하려고 애쓰거나 두각을 나타내려고 애쓰는 정치인은 아니지만, 항상 필요한 순간마다 합리적이고 객관성 있는 소신을 펴나가 주위의 많은 사람으로부터 두터운 신망을 받고 있다.

이러한 점이 인정되어 초선의원으로는 어려운 법률심사소위원장 등을 맡아 특유의 능력을 발휘하여 「양곡관리법 중 개정법률안」 등 20여 개의 크고 작은 법률안을 심의·의결하는 데 주도적인 역할을 해왔으며, 150회 임시국회에서는 「농어업 재해대책법」을 발의해 재해로 인한 보상의 범위와 규모를 크게 확대함으로써 농어민들의 큰 환영을 받은 바 있다.

또한, 예결위원으로 활동하면서도 방만하거나 선심 행정의 의문이 있는 예산편성에 대해서는 지체 없이 지적해, 국가 재정이 투자의 효율성과 우선순위를 고려하여 편성되도록 조치했다.

특히 이제까지 가장 낙후되고 소외되어 온 경북 북부 지역과

강원도 내륙지역의 개발이 시급히 추진되어야 한다고 판단해 이들 지역에 대한 국토종합개발계획을 수립도록 하였고 중앙고속도로의 건설사업에 있어서 설계가 누락되었던 안동-영주-제천 간의 노선을 확장 설계할 수 있도록 예산을 확보하였으며 수해에 대한 항구적인 복구대책 수립에도 결정적인 역할을 하였다.

'73년 새농민상 종합상을 수상하고 현재 전국새농민회 회장을 맡고 있는 그는, 상공업은 선진국 수준이면서도 여전히 후진국 수준을 벗어나지 못하고 있는 우리나라 농업의 구조적인 문제점을 파악하기 위해 농업 선진국들에 대한 영농 시찰의 필요성을 절감해 오던 중, 일본·대만을 비롯해 미국·호주·덴마크 정부의 공식 초청을 받아 의원 시찰단의 단장으로 방문해 의원 외교 활동에서도 그 능력을 인정받는 계기가 되었다.

평소 낙후된 농촌을 되살릴 수 있는 길은 부채 감면이나 가격지지정책도 중요하지만, 무엇보다 자생력을 기를 수 있는 농업구조 개선에 특히 많은 투자가 있어야 한다는 소신을 가진 그는 '91년도 추곡수매가와 수매량이 비록 기대에 미치지는 못했지만 대신 농수산부 예산에 1,000억 원을 증액하고 2,600여억 원에 이르는 농수산물 수입관세액 전액과 1,900여억 원에 이르는 배합사료 및 축산 기자재에 징수되는 부가가치세액 전액 등 총

4,500여억 원을 국제경쟁력 강화를 위한 생산구조 개선에 직접 투자할 수 있는 제도적 방안을 마련하기도 했다.

권위주의적 사고방식을 싫어하여 앉아서 일하기보다는 일을 찾아서 뛰어다니는 성실한 일꾼으로 널리 알려진 그는, 많은 국정 활동과 3개의 대규모 농공단지 조성 및 수해복구사업 등 수많은 지역사업을 이루어나가면서도 그 공을 결코 남에게 자랑하는 법이 없다. 또한, 1년 중 110일 이상의 지역구 활동을 하면서도 서울대 경영대학원과 행정대학원을 수료한 맹렬한 학구파이기도 하다. 순수 지역 출신이 국정에 참여하게 된 것을 매우 자랑스럽게 생각하고 있는 그는, 진정한 민주화의 꽃을 피울 수 있는 지자제 법안의 통과를 위해 적극적으로 노력해 온 지방화시대의 개척자이기도 하다.

오늘날 정치권은 많은 국민에게 불신과 비난을 받고 있지만 가장 깨끗하고 성실하면서도 거짓이 없는 그가 바로 이 시대가 요구하는 새 시대 새 정치인상이라고 굳게 믿는다.

다시 보름골로 돌아오다

국회를 떠나면서 아쉬움이 없던 것은 아니었지만 내심 기대가 컸다. 시민들의 여론을 듣는 과정이 생략된 채 이른바 전략공천으로 낙점이 된 분이 장관도 지내시고 무엇보다 현직 대통령의 동서라는 점이 기대를 품게 되는 지점이었다. 영주의 큰 기회가 될 수도 있다는 게 국회의원직에서 떠나는 내게는 큰 위안이었다. 그분이 나중에 지역의 국회의원으로서 영주에 어떤 기회를 가져다주었는지는 별개로 하고 그때는 어쨌든 홀가분하게 야인으로 돌아갈 수 있었다.

보름골 농장으로 돌아왔다. 어릴 때부터 키웠던 꿈이 농부였고 잘사는 농촌을 만드는 것이었으므로 금방 적응하게 될 거라고 생각했지만, 오랫동안 농장을 떠나 있었던 터라

어머니와 아내, 아이들－옛 봉산농장

얼마 동안은 내게 맞지 않는 옷을 입은 것 같은 어색함을 쉬 떨쳐버릴 수가 없었다. 그러나 닭똥 냄새와 거름 냄새가 정겨워지는 데 그리 오랜 시간이 걸리지는 않았다.

늘 머리를 짓누르고 있던 지역에 대한 책임감이나 의무 같은 것들에서 벗어나 야인으로 돌아온 게 나쁘지만은 않았다. 조선시대에만 해도 벼슬아치가 벼슬을 내려놓으면 낙향落鄕하는 풍습이 있었고 미국 대통령들도 현직에서 물러나면 고향으로 돌아가는 모습들을 보면서 참 보기 좋다고 생각해 왔던 터라 다시 농부로 돌아온 내가 공연히 폼도 나는 것 같고 뿌듯해지기도 했다. 농장 일들을 챙기면서 그동안 자주 만나지 못했던 이웃분들과 기쁜 일, 슬픈 일들을 함께해 왔던 지인들을 만나 때로는 술잔도 기울이며 살아가는 이야기를 나누는 날들이 흐뭇하고 좋았다. 그런 안분지족安分知足의 날들이 언제까지 지속되어도 좋을 것 같았다.

그러는 사이 3년이 흘렀고 전혀 예상치 않았던 새로운 도전이 나를 기다리고 있었다. 주위의 많은 분이 나를 다시 공인公人의 삶으로 떠밀었고 무엇보다 그때의 나는 아직 젊었다. 30년 만에 부활한 지방자치제 선거의 초대 민선 시장 후보로 거론되고 있는 현실을 외면하고만 있을 수 없었다. 그만큼 대다수의 시민이 그 시절 영주의 현실을 위기로 느끼고 있었기 때문이었다.

1995년, 지방자치 전국동시선거

흔히 '민주주의의 꽃'이라고 하는 우리나라의 지방자치제는 5·16 이후 중지된 상태였다. 문민정부를 표방하는 김영삼 정부에서 이를 부활시켰다. 시장과 도의원, 시의원 등을 주민들의 손으로 직접 뽑는, 무려 30년 만에 치러지는 뜻깊은 선거였다. 주변 분들의 성화에도 당에 공천 신청을 하지 않았다. 선뜻 다시 선거판에 뛰어들고 싶은 마음이 없었기 때문이다.

박시균 원장이 당의 공천을 받았지만 나도 모르는 사이에 김진영이 무소속으로 시장에 출마한다는 이야기가 정설로 굳어져 있었다.

"출마만 하이소. 선거는 우리가 다 할 테니."

축협 시절과 국회의원 시절 내 든든한 우군이 돼주었던

분들과 많은 시민이 출마를 독려했다. 때로는 독배毒杯라고 하더라도 그것을 받아 마셔야 할 때가 있는 법이라는 걸 오랜 공적인 삶에서 알고 있었고 아직은 내가 영주를 위해 할 수 있는 일이 있다는 확신도 들어 출마를 공식화하기에 이르렀다.

다시 뜨거운 봄이 시작되었다. 내 생애에서 네 번의 선거를 치러보았지만, 선거는 언제나 힘들고 어려웠다. 지역에서 당의 공천을 받지 않은 무소속으로 출마를 한다는 것은 상상할 수 없을 만큼 외롭고 힘든 싸움이었다. 선거비용 문제도 가장 큰 어려움이었다. 나를 위해 땀 흘리며 뛰어다니신 분들을 저녁에 사무실에서 뵙는 일이 무엇보다 괴롭고 미안했다. 내 선거가 있을 때마다 아무런 보상도 없이 자기 돈을 써가며 뛰어다니시던 그분들의 진심을 생각하면 지금도 갚지 못한 부채감으로 먹먹해질 때가 많다.

그분들의 노고를 생각하면 내가 열심히 뛰는 수밖에 없었다. 가능한 한 많은 시민을 만나 영주의 현실과 여러 가지 난제들을 이야기하고 국회의원으로서 내가 했던 일과 초대 민선 시장이 되면 내가 먼저 해야 할 일들을 설명했다. 앞선 국회의원 선거에서도 그랬듯이 나는 달변가도 아니었고 웅변가도 아니어서 그저 이웃 사람에게 얘기하듯 소탈하게 마음속의 얘기들을 진정을 다해 쏟아낼 뿐이었다.

기적이었다. 무소속 후보로 초대 민선 영주시장으로 당선됐다. 농민과 축산인들, 그리고 새마을지도자, 청년회의소 회원 등 많은 분이 이뤄낸 선거 혁명이었다. 그분들의 헌신적인 열정이 낳은 결과였다.

초대 민선 영주시장이 되다

함께하는 시정, 살기 좋은 영주

지금도 민선 1기 영주시장으로 시청에 출근하던 그날이 눈에 선하다. 첫 출근을 축하하느라고 도열해 서 있는 부시장 이하 직원들이 부담스럽긴 했지만 일일이 악수를 하고 회의장으로 들어갔다.

자세히 기억나지는 않지만, 세계적 무한 경쟁의 시대에 차별화 전략만이 영주가 살 길이라는 이야기를 강조했다. 여러분이 불편해야 시민들이 편하다는 말과 함께 자발적이고 창의적인 생각으로 시정에 임해달라는 당부도 했다.

첫 민선 시장의 임기는 국회의원 선거와의 시차를 두기 위해 3년이었다. 앞으로 3년 민선 1기의 시정 방향을 가장 잘 구현해 낼 수 있는 표어 공모도 실시했는데 휴천3동의 어떤 여직원이 제안한 '함께하는 시정, 살기 좋은 영주'를 당선작으로 뽑았다. 지방자치의 취지에도 부합하고 살기 좋은 영주를 만드는 게 공무원들의 지상 목표가 되어야 한다는 생각에서였다.

역점을 두어야 할 네 가지 시정 목표를 정했다.

첫째는 '농산물의 차별화'였다. 영주는 농업을 기반으로 하는 지방 도시이다. 남 따라 하는 데는 한계가 있다. 타 지역의 농산물과 뭐가 달라도 달라야 경쟁력을 가질 수 있다. 훗날 축산기술연구소, 농산물품질관리원 등을 영주에 유치하고 인삼시험장, 과수시험장 등을 만들게 된 것도 그런 연유에서였다. 영주 사과와 영주 한우, 풍기 인견 등이 브랜드 경쟁력을 갖게 된 시작이었다.

둘째는 '문화·관광·교육의 경쟁력 강화'였다. 그 계획은 부석사와 소수서원 복원, 선비촌 건립, 각종 도로 확충, 영주온천 조성, 동양대학교 설립으로 이어졌다.

셋째는 '인구 감소를 막고 고용 증대를 위한 제조업의 유치'였다. 지금도 영주의 고용과 세수稅收에 가장 큰 몫을 담당하고 있는 KT&G와 노벨리스코리아의 유치로 그 목표를 실현했다.

넷째는 '치산치수治山治水'였다. 농업의 기반을 다지기 위

관광 안내 봉사원들과 함께

해서는 수해와 가뭄을 막는 일이 무엇보다 중요하다. 도와 중앙 부처의 예산을 확보하고 경제기획원 예산실의 특별지원까지 끌어내 서천과 부석 낙화암천 등의 하폭을 넓히고 제방을 튼튼히 해 수해를 막고 욱금·배점·단산·부석·장수 저수지 등을 축조해 가뭄 피해를 막고 서천 둔치를 조성하는 일도 그 계획 안에 있었다.

계획만으로 되는 일은 없다. 발로 뛰어야 한다. 시의 행정 업무는 부시장과 간부들에게 맡기고 도와 중앙 부처, 경제기획원 예산실까지 뛰어다니느라 시장실이 비어 있는 날이 더 많았다. 시민들에게 꼬박꼬박 인사나 다니라고 뽑아놓은 시장은 아니라고 생각했다. 그래서 시민회관에서 버스로 관광이나 산업시찰을 떠나는 시민들에게 인사를 나가지 않아 불평들도 있었지만, 소년 소녀 가장이나 장애인들의 행사는 되도록 빠트리지 않으려고 노력했다.

7년의 시정을 이끄는 동안 늘 다짐하고 다짐하던 말이 있었다.

'지도자는 사심(사리사욕)을 버려야 한다. 지도자는 마음을 비워야 좋은 생각이 나온다. 지도자의 나쁜 생각은 개인의 결함에 그치지 않고 시민들에게 독이 된다.'

1등 선점하기

시장으로 취임하고 나서 제일 처음 한 일이 도청과 경제기획원 예산실을 방문하는 것이었다. 국회의원 시절의 내 스타일대로 비서실 직원이나 간부들을 대동하지 않았음은 물론이다. 운전기사의 도움만을 받았다.

'내가 나를 낮출수록 남이 나를 높여준다'라는 공직 생활 내내 한 번도 변하지 않은 내 믿음이었다. 도청 경비실부터 공손하게 인사를 시작했다. 무슨 물건을 팔러 온 사람인가, 미심쩍어하며 명함을 받아 든 사람들은 대개가 흠칫 놀라기부터 하게 마련이다. 그렇게 '영주시장 김진영'이 그들의 머리에 각인되는 것이다. 도청의 각 부서를 돌며 말단 직원에서부터 국·과장까지 인사를 하며 다닌다. 초여름이라 와이셔츠는 물론이고 양복까지 땀이 흥건해 물에 빠진 것처럼 금세 후줄근해져서 인사를 하고 다니는 모습에 여기저기서 수군거리는 소리가 들린다.

"몸은 뚱뚱해서 저러고 다니는 사람이 누구야?"

계단을 힘들게 오르내리며 사무실마다 들러 인사를 하고 나니 어떤 여직원이 안됐다는 듯이 알려주었다.

"시장님, 옥상에도 사무실이 있는데요."

헐떡거리며 옥상까지 올라가니 컨테이너 박스로 된 산림과와 수산과 사무실이 있었다.

"안녕하십니까? 영주에서 온 김진영입니다."

명함을 받아 들고 깜짝 놀라는 그들에게 시원한 박카스 한 병을 얻어 마시고 이런저런 이야기를 나누다 내려왔다.

취임하고 나서 혼자서 땀을 뻘뻘 흘리며 1등으로 도청을 찾아 성문 수위에서부터 간부들에게 이르기까지 일일이 손을 잡고 인사를 나눈 영주시장은 자연히 화제의 인물이 되지 않을 수 없었다. 성실과 겸손의 이미지까지 각인시킨 것은 덤이었다.

예산이든 뭐든 그냥 조른다고 되는 게 아니다. 사전에 감동을 줘 도와줄 마음이 생기게 하는 게 중요한 것이다. 그 후 도청 모든 부서의 직원들이 여러 가지 업무로 도청을 찾는 나와 직원들에게 유달리 호의적이었던 게 사실이다.

소수박물관 앞에서

다음 날에는 서울로 올라가 경제기획원 예산실을 방문했다. 시정을 해나가는 데 있어서 우리나라 경제를 좌지우지하는 예산실의 도움이 필수적이었기 때문이다. 물론 도청 방문과 똑같은 방법이었다. 각 부서 사무실을 다 돌고 나서 국장 한 분에게 반농담으로 물어보았다.

"제가 우리나라 지자체장 중에 1등으로 방문했지요?"

그가 허허 웃으며 대답했다.

"아니요. 아쉽게도 2등을 하셨습니다."

알고 보니 내가 선수를 빼앗긴 게 대구의 문희갑 시장이었다. 그가 예산실장을 역임한 적이 있어서 경제기획원 예산실의 생태를 누구보다 잘 알고 있었기 때문이었다. 비록 1등을 놓쳤지만, 그 방문은 충분히 효과적이었다. 뒷날 여러 가지 시의 사업들을 할 때 되도록 도와주려는 분위기가 자주 감지되었기 때문이다. 실제로 몇몇 사업들에서는 특별지원비까지 꾸려주는 등 많은 도움을 받았다.

무슨 일이든 하루아침에 되는 법이 없다. 미리, 꾸준히 관계를 쌓아놓는 게 중요하다.

◆

4부

사람의 힘을 조금 보탰을 뿐

선비의 고장, 선비촌

앞서 이야기했듯이 국회 시절 이어령 문화부 장관과 구상했던 선비촌 조성을 실현하지 못한 것이 큰 아쉬움으로 남아 있었다. 영주가 문화관광 인프라로 내세울 수 있는 꼭 필요한 프로젝트였기에 시장으로서 다시 추진하기로 계획을 세우고 실행에 들어갔다.

문화부 장관은 바뀌었지만, 그 당시 영주 출신의 이영탁 씨가 경제기획원 예산실장으로 있었고 나중에 시장을 하기도 한 김주영 씨가 문화관광 담당 과장으로 있었다는 게 든든한 기댈 언덕이었음은 물론이다. 그러나 '선비촌 복원사업'은 처음부터 벽에 부딪혔다. 정부 재정이 열악해서 국비 지원이 어렵다는 것이었다. 국보급 문화재가 있는 것도 아니고 그 자리에 선비촌이 있었다는 역사적 기록도 없다는

순흥 역사문화유적권 개발사업 기공

이유를 들기도 했다.

그들을 설득하기 위해서는 스토리를 만들어야 했다.

'우리 지역은 조선시대에 전국에서 가장 많은 과거급제생을 배출한 고을 중 하나다. 순흥은 태종 13년에 도호부로 승격한 그 시절 인근의 중심이 되던 고을이었다. 수양대군의 왕위 찬탈에 반기를 든 금성대군이 머물던 곳이고 그 유적지가 남아 있는 충절의 고장이다. 우리나라 최초의 사액서원인 소수서원이 있는 곳이고 그 서원에서 수학한 선비들의 명단이 학적부로 남아 있다. 전국에서 수학하러 온 선비들이 어디에서 숙식을 해결했겠는가? 그들이 기거하던 마을이 있었다. 충절과 선비정신을 고양할 수 있는 국민교

육의 장場으로서 이보다 더 적합한 곳이 어디 있겠는가?'

그 마을이 있었다는 걸 입증할 수 있는 도면이나 고증 자료를 가져오라는 대답이 돌아왔지만, 금성대군과 이보흠이 단종 복위를 도모하다 멸문지화를 당한 정축지변 때 다 불타버리고 없다는 핑계를 댈 수 있을 뿐이었다.

예산 확보를 위해 이리 뛰고 저리 뛰면서 고민하던 중 북부 지구 유교문화권사업에 정부 예산을 지원한다는 희소식이 들려왔다. 〈순흥 역사문화유적권 개발사업〉으로 선비촌에다 소수박물관, 청소년 수련원을 묶어 예산을 신청할 수 있었다.

용지 매입, 국토이용계획 변경, 농지전용 허가 등 많은 복잡한 행정절차들이 있었지만, 마침내 선비촌 조성의 첫 삽을 뜨게 되었다. 오늘날 영주의 문화관광의 중심이 되어 있는 선비촌은 그렇게 태어났다.

선비문화축전에서(선비촌)

부석사와 소수서원, 선비촌의 주차비를 없앴다. 시설관리나 지방 세수稅收를 생각하면 쉬운 결정이 아니었지만, 관광객들에게 많은 호응을 받았다. 선비의 고장에서 쩨쩨하게 주차비까지 받을 수는 없다는 생각에서였다.

문화관광해설사라는 제도를 만들어 소정의 교육을 받게 한 후 관광지에 배치했다. 지금이야 대부분의 지자체에서 시행하고 있는 제도지만 그 당시에는 전국 최초의 시도였다. 해설사들에게 일자리도 제공하고 우리 지역의 문화를 잘 알릴 수 있을 거라고 만든 제도를 지금은 모든 지자체가 따라 하고 있다.

빈선 시장으로서 유능한 부시장의 도움을 받을 수 있다는 것은 행운이었다. 어느 날, 조창현 부시장이 말했다.

"선비의 고장과 선비촌의 이름을 의장등록을 하는 게 어떻겠습니까?"

특허청에 의장등록을 신청하는 과정에서 전혀 뜻하지 않은 복병이 기다리고 있었다. 그 시절은 인터넷이 활성화되던 초기 단계여서 인터넷의 도메인을 선점하는 개인이나 기업들이 있었다. '선비촌'과 '선비의 고장'이라는 명칭이 이미 한 기업에 의해 선점되어 있었다. 아모레 화장품으로 유명한 태평양화학이었다. 부탁도 하고 회유도 해보았지만, 태평양화학의 반응은 노No였다. 10개월을 끈질기게 매달린 끝에 결국은 무상으로 양도하겠다는 태평양화학의 확답을 받게 되었다. 2년 뒤 안동이 '선비의 고장'이라는 이름을 쓰겠다고 신청을 했지만, 무위로 돌아갈 수밖에 없었다. 지금도 여러 지자체가 선비의 고장이라는 말을 쓰고 싶어 하지만, 영주만이 공식적으로 '선비촌'과 '선비의 고장'을 쓸 수 있게 된 연유이다.

선비촌 조성

길 이야기

'모든 길은 로마로 통한다Every road is to Rome'는 말이 있다. 고대 로마는 사방으로 뻗은 아피아가도街道로 유럽과 북아프리카의 지배자가 되었다. 어떤 지방이 발전하느냐, 답보하느냐는 길과 떼려야 뗄 수 없는 관계가 있기 마련이다. 사람과 모든 물류가 그 길을 따라 오고 가기 때문이다. 앞에서 얘기했듯이 국회 시절 영주를 거치지 않고 하리-예천-안동으로 빠지는 중앙고속도로 설계도를 입수해 모든 힘을 다해 영주를 거치도록 수정시킨 것도 그러한 연유에서였다.

국회의원을 그만두고 시장이 되었을 때도 고속도로의 공사는 지지부진했다. 원래 설계에 없던 죽령터널 공사에 들어가는 막대한 예산 때문이었다. 건설부 해당 부처를 다니며 부딪쳐 보았지만 없는 예산을 새로 만들어낼 수는 없는 노릇이었다. 길은 간절하게 찾는 자에게 보이는 법이다. 건설부를 드나들던 과정에서 정보 하나가 손에 들어왔다. 그 무렵 한창 화제가 되었던 한 스님의 도롱뇽 보호 시위로 중단되어 있던 천성산 터널 공사 예산 800억 원과 수도권 도로사업비 500억 원이 건설부에서 잠자고 있다는 정보였다. 그 예산에 끈질기게 매달리는 수밖에 없었다. 간절히 원하면 길이 뚫린다. 마침내 그 예산으로 죽령터널 공사를 시작하게 되었다.

지금은 아마 1위 자리를 내주었지만, 그 시절에는 국내에

죽령터널 관통

서 가장 긴 4.2km의 터널이었다. 설계에 없던 환풍구를 만들어달라는 여러 차례에 걸친 요구 끝에 죽령터널은 환풍구가 설치된 우리나라 최초의 터널이 되기도 했다. 건설부장관이 참석했던 죽령터널 개통식을 하던 날의 감격은 지금도 선명한 기억으로 남았다.

시장 재임 기간 중 가장 많이 신경을 쓴 일 중 하나가 도로였다. 돌이켜 보면 영주-안동 간의 국도 5호선이나 영주-예천, 영주-봉화 등 모든 주요 도로들의 확장 개통은 언제나 영주 쪽이 먼저였다. 모든 도로 공사는 끈질기게 재촉하지 않으면 지지부진하기 마련이다.

부석과 영월을 연결하는 남대리 터널도 재임 시절에 설계와 예산을 정해놓은 것이었다. 처음 계획서를 제출했을 때는 경제기획원 예산 타당성 검사에서 불합격을 받았다. 교통량이 없다는 이유였다.

"길이 나쁘니까 차가 안 다니지 길만 좋아지면 교통량도 많아진다. 섬과 섬 사이도 다리를 놓는데 경상도와 충청도와 강원도를 이어주는 터널을 왜 못 뚫어주느냐?"

이의근 도지사를 세 번이나 찾아가 설득한 끝에 허락을

중앙고속도로

받아냈다. 이 도지사는 내가 떼를 쓸 때마다 늘 고개를 절레절레 흔들면서도 언제나 싱글벙글 대해주었다. 사람과 사람 사이에 마음이 오간다는 것은 언제나 중요한 일인 것 같다. 그분에게 많은 도움을 받았다.

그 남대리 터널 공사가 이제야 완공 단계라고 한다. 20년이 걸렸다.

특별한 온천장의 꿈

국회의원 시절에 추진하다 시와 손뼉이 맞지 않아 중단된 사업이 또 하나 있었다. 온천 개발이었다. 영주는 소백산국립공원과 부석사, 소수서원 등의 관광자원들을 가지고 있지만, 그냥 스쳐 지나가는 관광이라서 늘 머물렀다 가는 관광을 만드는 게 오랜 숙제였다. 숙박시설과 위락시설의 확충이 뒤따라야 가능한 일이었다. 온천 개발은 바로 관광객들이 온천도 하고 위락시설도 즐기면서 영주에서 묵었다 가게 하는 방법의 하나로 종합온천장 개발을 구상하게 되었다.

국회 농수산위원으로 맺은 농어촌진흥공사와의 인연으로 비교적 쉽게 온천개발계획을 체결하고 시추에 들어갔지만,

문제는 온천법의 여건을 충족시킬 수 있을 만큼 양질의 온천수를 개발할 수 있느냐 하는 것이었다. 온천이 허가를 받자면 20℃ 이상의 온천수가 1일 300t 이상 추출되어야만 했다. 처음에 부석사와 남대리 입구에서 시추를 시작했다. 부석사와 소수서원을 연계한 관광벨트를 만들겠다는 구상이었다.

온천수 시추

처음부터 난관에 봉착했다. 부석사 입구 세 군데에 시추봉을 박았더니 수량도 넉넉하지 않고 무엇보다 수온이 17℃에 머무를 뿐이었다. 큰일이었다. 계약서대로 하자면 5억 원의 시추비를 허공에 날릴 판이었다. 조창현 부시장과 의논했다.

"이제 떼를 쓰는 수밖에 없을 것 같은데 어떻게 하면 좋겠습니까?"

"저한테 맡겨주십시오. 제가 어떻게든 해보겠습니다."

조 부시장이 공사 소장을 상대해 우리는 온천이 나오지 않으면 돈을 못 준다고 완강하게 밀고 나갔다. 결국은 소장의 항복을 받아냈다.

"허허허, 그렇다면 어쩔 수 없지요. 한 구멍만 더 파보기로 하지요."

시추 지역을 지금의 풍기온천 자리인 풍기읍 창락리로 바꾸고 공사에 들어갔다. 도솔봉을 바라보며 국립공원과 인접해 있고 고속도로 출구와 국도와도 가깝다는 이점이 있었다. 풍기의 특산품인 인삼과 사과, 인견 시장의 상권과도 연계할 수 있어서 위치적 조건으로서는 최적이었다. 가슴을 조이며 시추 현장을 지켜봤다. 시추봉이 지하로, 지하로 내려가고 드디어 지하 500~600m 지점에서 수맥을 발견했다. 뜨거운 물이 콸콸 쏟아져 나왔다. 소리치며 만세라도 부르고 싶은 심정이었다. 수온과 수량은 물론이고 수질도 황화수소와 불소 등 여러 가지 건강에 좋은 물질들이 함유된 국내 여느 온천보다도 우수한 최고의 유황온천이었다.

먼저 온천장이 들어설 일대를 토지거래 계약 허가구역으로 지정 고시하고 3만 평의 용지를 확보했다. 주위에서 온

소백산 풍기온천 개장

천 하나 만드는데 왜 그렇게 많은 땅이 필요하냐고 의문을 갖는 이들이 많았지만 내 생각은 따로 있었다. '남들 따라 하는 데는 한계가 있다. 차별화만이 살길이다'는 어떤 사업을 추진하는 데 있어서든 내 변함없는 신념이었다.

먼저 1층에는 일본, 터키, 핀란드, 에스키모 등 각국 특유의 목욕탕들로 이루어진 대중탕과 수영장, 골프 인도어 연습장 등을 만들고, 2층에는 가족탕, 독탕과 함께 중소 규모의 콘퍼런스 홀을 넣는다. 그리고 3층에는 각종 위락시설을 갖춘 리조트를 만들 계획이었다. 숙박시설이 들어설 부지도 구상 중에 들어 있었다. 우선은 시민들과 관광객들이 이용할 수 있는 온천 시욕장試浴場을 만들었다. 요즘은 지자체들이 운영하는 온천이 있지만, 당시에는 지자체가 직접 개발하고 운영하는 공영개발 방식은 영주가 최초였다. 지방재정 확충에도 많은 도움이 되는 방식이었다.

시장을 그만둔 뒤, 온천장도 개인에게 넘어가고 마련했던 부지도 우정연수원에 팔아버리는 등 모든 개발계획이 흐지부지된 채로 지금에 이르고 있다. 용지 매입 당시 내 구상을 듣고 두말없이 12,000평의 대지를 선뜻 내어준 기독병원의 서익제 원장에게는 늘 빚진 것 같은 마음이다. 서 원장은 자신이 내놓은 땅이 나중에 원래 목적대로 쓰이지 않게 된 현실을 보면서도 한 번도 내게 불평이나 불만을 이야기한 적이 없다. 요양시설 자리로 확보해 놓았던 땅을 제값도 받지 못하고 내어준 뒤 누군가가 특혜를 받았다고 말도 안 되는 투서를 넣어 곤욕까지 치러야 했던 서 원장에게 진 마음의 빚이 무겁다.

경상북도 축산기술연구소

칠곡에 있던 경상북도 한우연구센터와 종축장이 축산기술연구소로 합병 개편돼 이전하게 된다는 정보를 얻어 유치에 뛰어들었다. 축산이 농업에 큰 비중을 차지하고 있는 영주로서는 축산기술연구소의 영주 유치가 영주 한우의 고품질화, 축산물 개방에 대비한 생산비 절감, 축산 기술의 농가 이전, 축산업의 대외 경쟁력 제고 등을 위한 절호의 기회가 아닐 수 없었다. 23만 평의 용지에 162억 원의 국비가 투자되는 큰 프로젝트였다. 안정면 묵리 일대를 부지로 내정해 놓고 뛰기 시작했다.

뒤늦게 안동, 의성, 상주도 유치 경쟁에 뛰어들었다. 단순히 지리적인 측면으로 볼 때 영주가 칠곡으로부터 상대적

축산기술연구소 기공

으로 멀다는 점에서는 불리한 조건이었다. 국회 농수산위원 시절의 인연을 앞세워 농림부 장관을 찾아가 의논했지만, 도립이라 농림부와는 상관이 없다고 난색을 보였다. 이의근 지사에게 매달릴 수밖에 없었다. 강성국 도의원도 많은 애를 썼다. 토지 매입 단가를 낮추는 문제와 토질 문제도 발목을 잡았다. 실사단이 안정면 묵리 일대를 방문해 실사를 한 결과 그 일대의 토질이 마사토(굵은 모래)라서 목축지로 적합하지 않다는 결론을 내린 것이었다. 위기를 맞았을 때에도 정신만 차리면 좋은 생각이 나오는 법이다.

“지금 한창 중앙고속도로 공사 중이라 공사장에서 좋은

흙이 한정도 없이 나오고 딴 데 쓸 데도 없으니 그걸로 목초지 부지 일대를 다 덮겠습니다."

강성국 도의원과 함께 심사위원 교수님들을 끈질기게 설득했다. 지성이면 감천이라던가, 숱한 난관들이 있었지만, 영주가 경상북도 축산기술연구소 이전지로 확정되기에 이르렀다. 23만 평의 용지에 162억 원이 투자되는 본관과 실험실, 연구실, 연수관, 축사 다섯 동, 초지 16만 평의 대역사大役事가 시작된 것이다. 서울대 총장의 방문을 받아내 모교인 농대 수의과와 산학 협력으로 축산기술연구소 중심으로 투자하겠다는 협약도 끌어냈다.

축산기술연구소의 영주 유치에 따른 축산물 품종개량, 우량 품종 보존, 사육 기술 보급, 종자 보급, 기술 지도 등으로 우리 영주의 축산업이 든든한 지원군을 얻게 된 것이었다.

사람의 힘을 조금 보탰을 뿐

'삼과기문이불입三過基門而不入'이라는 말이 중국 고사에 전해온다. '세 번이나 문 앞을 지나면서도 집에 들어가지 못했다'라는 말이다. 하夏나라의 우禹임금은 그렇게 불철주야 집에도 들어가지 못하고 치수治水에 애를 쓴 결과 중국 고대사에서 가장 추앙받는 임금이 되었다고 한다. 중국에서는 '황하黃河를 다스리는 자, 천하를 다스린다'라는 말이 전해오고 있는 터이다. 물이란 인간에게 없어서는 안 될 가장 중요한 것이면서도 가장 큰 재앙을 불러올 수 있기에 물을 다스리는 일은 무엇보다 중요하다.

영주의 현대사에서 가장 큰 사건은 아마도 1961년의 대홍수일 것이다. 아직 그날의 끔찍한 기억을 가지고 계시는 분들이 많을 것이다. 새벽에 몇 시간 내린 집중호우로 서천이 넘쳐 시내 전역이 물에 잠기고 수많은 사람이 집과 삶의 터전을 잃은 대재앙이었다. 수해복구를 위해 영주를 방문한 국가재건최고회의 의장이던 박정희 소장이 지프차로 수해지역을 돌다가 지금의 구성공원 옆 산허리를 가리키며 “저기를 끊어”라고 한마디 해서 서천의 직강直江 공사가 시작되었다고 전해진다. 어쨌든 서천의 굽이들을 직선으로 만들어 그 이후 이렇다 할 큰 홍수는 없었지만 크고 작은 수해들이 계속되어 왔다. 1990년대에는 서천교가 물에 잠기는 일촉즉발의 위기가 있기도 했다. 서천의 협소 구간은 병목현상으로 범람해 시가지가 침수되는 일이 잦아 비가 많이 오는 날이면 천변의 시민들이 밤잠을 설치기 일쑤였다.

크게 내세울 일은 아니지만, 국회의원과 시장 재직 시절 잘한 일이 무어냐고 누가 묻는다면 치수治水, 즉 물을 다스린 일이었다고 말할 수도 있을 것 같다. 농업에 기반을 둔 우리 지역은 수해와 가뭄을 막는 일이 무엇보다 중요하다. 먼저 영주의 젖줄이라 할 서천의 하폭을 넓히는 일에 주력했다. 농수산위원 시절의 인연을 자산으로 17억 원의 예산

수해 현장에서

을 편성해 80m를 120m로 서천의 폭을 넓히고 둔치를 조성했다. 지금은 어지간한 집중호우가 오더라도 서천이 범람하는 일이 없어지고 넓게 조성된 둔치는 시민들의 여가 활동 공간으로서의 역할을 해내고 있다.

상습수해지역이던 부석 낙하암천의 하폭 확장과 제방 공사도 대역사大役事라고 할 수 있다. 부석에서 상석 쪽으로 흐르는 낙화암천은 하폭도 좁고 제방이 부실해 수해가 잦아 주변의 농지들이 침수돼 막대한 피해를 보고 있었다. 11.2km의 하천에 37억 원의 예산이 투입되는 이 대공사로 여섯 개 마을 530ha의 농경지가 상습적인 수해 피해에서

서천둔치 조성

벗어나게 되었다.

댐과 저수지를 쌓는 일도 중요했다. 댐은 비가 많이 올 때는 물을 가두고 가물 때는 물을 흐르게 하는 역할을 해 수해와 가뭄을 방지하는 가장 효과적인 방법이다. 돈 나올 구멍들을 찾아다니며 확보한 예산으로 가능한 한 많은 댐과 저수지들을 축조하는 데 힘썼다. 순흥의 배점 저수지는 오한구 의원 시절에 축조된 것이고 그 외 여러 곳에 댐을 만들었다. 욱금 저수지, 단산 좌석 댐, 부석 사그레이, 장수 성곡, 평은 지곡 저수지 등을 축조해 영주가 면적과 인구 대비 전국에서 가장 많은 댐과 저수지를 갖게 되었다. 홍수와 가뭄의 피해가 현저히 줄어들었음은 물론이다.

'영주는 사람을 살리는 산, 소백산 아래 십승지 중 제1지로 수해와 가뭄으로부터도 안전한 고을이다.'

우리가 흔히 들어보는 말이다. 물을 다스리기 위해 내가 한 일은 풍수지리적인 가호加護에다 사람의 손을 조금 보탠 것뿐일지도 모른다.

인삼·과수 시험장

우리 지역의 농산물을 제값을 받고 팔아 농가소득을 증대하려면 무엇보다 농산물 품질의 차별화가 중요하다. 풍기 인삼은 국내에서 가장 오래된 450년의 재배 역사를 가지고 있다. 그리고 해방 전후의 시대만 해도 풍기 인삼 여덟 냥이 타 지역의 인삼 열 냥과 그 가치가 맞먹을 정도로 가장 우수한 품질을 자랑하고 있었다. 그러나 금산, 강화, 포천 등 타 지역 인삼들에 밀려 경쟁력을 잃어가고 있는 실정이었다. 더구나 강화나 포천으로부터의 묘삼苗蔘 구매에 연 30억 원이 유출되고 있었다. 인삼 종자의 씨를 뿌려 묘삼을 만들고 그걸 밭에 옮겨 심어야 하는데 풍기 인삼의 종자 자체가 보전되지 못하고 사라졌을 뿐만 아니라 묘삼을 사서 밭에 심는 게 더 손쉬웠기 때문이었다.

농업선진화기술개발연구소 개소

대표적인 지역 특산물인 인삼의 경쟁력을 강화하기 위해서는 풍기 인삼을 체계적으로 연구할 수 있는 기관이 필요했다. 묘삼 생산뿐만 아니라 새로운 재배 기술 개발, 품종 개량, 인삼 제품 가공 기술 개발 등을 아우르는 연구소가 필요했기 때문이다. 시의 재정 형편이 여의치 않아 농림부에 '국립인삼시험장'으로 신청했다. 순조롭게 진행되는 듯했는데 또 다른 복병이 기다리고 있었다. 우리의 추진 계획에 대한 정보가 유출돼 금산이 경쟁에 뛰어들었다. 금산은 국내에서 가장 큰 인삼 재배지라는 점과 최대 규모의 인삼 시장을 가지고 있다는 점을 내세우면서 자체 부담을 높이겠다는 제안까지 내놓으며 농림부를 공략했다. 이러지도 저러지도 못한 농림부가 우리와 금산의 신청서 둘 다를 반려해 버렸다.

국립이 아니라 '경상북도 농업기술원 풍기인삼연구소'라는 이름을 갖게 된 사연이 그러했다. 안정면 용산리 일대 3만 평에 70억을 투자한 연구소가 들어섰다. 그렇게 세워진 인삼시험장은 옛날 종자를 찾아내 증식을 하고 사포닌 함유 검사, 염증을 치료 예방하는 RG3 사포닌 추출 기술, 농약 잔류 검사 시스템, 인삼 제품 가공 기술 개발 등의 연구로 인삼 재배 농가의 소득 증대와 풍기 인삼의 경쟁력 강화에 기여해 오고 있다.

1980년대까지만 해도 대구는 미인이 많기로 유명했다. 언제부턴가 여성 비하卑下나 여성성의 상품화라는 이유로 텔레비전에서 자취를 감추었지만, 그 당시 미스코리아 선발대회 중계방송에서 미인으로 뽑힌 대구 아가씨가 아름다움의 비결을 묻는 사회자의 질문에 "능금을 많이 먹어서예"라고 대답하는 게 흔한 일이었다. 초등학교 시절 사회 교과서에서 대구의 특산물을 '사과'라고 외우곤 했었는데 언젠가부터 대구 사과의 시대는 가버렸다. 기후 변화로 사과의 재배지가 경북 북부 지역으로 옮겨진 까닭이다. 그중에서 도 영주가 전국 재배 면적의 13%를 차지하는 제1의 주산지가 되었고 무엇보다 풍기, 부석을 중심으로 한 영주 사과가 그 맛과 향에 있어서 전국 최고라는 명성을 얻기까지 많은 과수 농가의 노력이 있었다.

지역 과수농들의 소득을 증대하기 위해서는 역시 차별화가 최고의 전략이었다. 다른 지역보다 더 뛰어난 품질의 사과를 생산하기 위해서는 품종개량, 우수 품종 도입, 병충해 방제 기술, 재배 방법 차별화 등에 대한 체계적이고 집중적인 연구가 필요했다. 경상북도 농업기술원에 '시립과수시험

과수시험장 개소식

장'을 만들고 전문 연구 직원들을 배치했다.

"여기는 한직으로 시간만 보내는 곳이 아닙니다. 부단한 연구로 국내 제일, 세계 제일의 영주 사과를 만들어주십시오."

그들에게 당부한 말이었다.

지구 반대편의 사람들도 사과 하면 '영주 사과'라고 소리칠 수 있는 날이 왔으면 좋겠다.

'농업선진화기술개발연구소'도 설립했다. 전국 지자체 중 처음으로 경북대학교와 산학 협력을 체결했다. 농산물의 차별화도 중요하지만, 판로 개척도 중요했다. 구매력이 가장 큰 곳들과의 자매결연을 추진해 서울에는 강남구, 대구의 수성구를 자매도시로 판로를 열었다. 김대중 대통령의 고향인 목포시도 영주의 자매도시였다.

영주는 선비의 고장이라 공자의 숨결이 살아 있는 중국의 산동성 재령시, 중국 최대의 한약 시장인 박주시와도 자매결연을 하였다. 박주는 중국의 전설적 신의神醫 화타와 조조의 고향이기도 했다.

목포와의 자매결연은 나중에 전혀 뜻하지 않은 데서 큰 도움이 되었다. 소백산국립공원 사무소가 단양으로 내정되었다는 이야기가 들려왔다. KT&G 신제조창 설립 문제로 이미 대통령의 도움을 받은 터라서 다시 또 손을 내밀기가 어려운 형편이었다. 고심 끝에 김대중 대통령의 아들인 김홍일 의원 사무실을 찾아갔다. 한참이나 고개를 끄덕이며 내 말을 듣고 있던 김 의원이 어딘가로 전화를 걸었다. 전화 상대방은 국립공원관리공단 이사장이었다. 김 의원의 억양이 대통령과 꼭 닮아 있었다.

"목포와 영주가 어떤 관계인지 아씨오? 영주가 잘되는 것이 목포가 잘되는 것이여. 영주시장님 바꿔줄 텡게 이야그나 잘 들어보씨요."

전화기를 받아 들고 영주의 소백산 면적이 단양보다 더 넓고 무엇보다 소백산국립공원이 화엄 종찰인 부석사와 소수서원을 품고 있다는 취지의 이야기를 차근차근 설명해 주었다. 말없이 듣고 있던 이사장이 조금 후 다시 전화를 걸어 왔다. 지금 이 시간 이후로 이 이야기는 어디에서든 꺼내지 말고 어디에도 전화를 하지 말라는 이야기였다.

그리고 석 달이 지난 어느 날, 조바심이 나고 기다리다 못해 이사장에게 전화를 걸었다. 그의 '전화하지 말랬잖느냐'는 핀잔 섞인 대답이 돌아왔다. 그리고 얼마 후, 소백산국립공원 사무소의 영주 유치가 결정되었다.

힐링 1번지, 옥녀봉

머물다 가는 관광을 위해서는 명승지와 위락시설, 숙박시설 등의 연계가 필요하다. 영주온천에서 건너다보이는 도솔봉 아래 옥녀봉 자연휴양림 조성을 구상한 것도 관광 활성화의 목적이었다. 그 무렵 숲에서 뿜어 나오는 피톤치드가 건강에 좋다는 연구들이 붐을 이루고 있었다. 휴양림을 조성해야겠다는 구상은 그 점에서 착안했다. 관광객뿐만 아니라 지역 시민들에게도 건강한 휴식 장소가 필요하다는 생각이었다.

여러 차례 직원들과 함께 답사해 본 옥녀봉 일대는 자연환경도 너무 좋고 지형도 휴양림을 꾸미기에 최적이었다. 수려한 경관을 관광자원화하여 점점 더 늘어나고 있는 사람들의 여가 활동 욕구도 충족시키고 시민들의 휴식처가 된다면 일거양득의 이익을 얻을 수 있으리라고 믿었다. 총 사업비 20억 원으로 봉현면 두산리 산21번지 외 2필지에 187ha의 자연휴양림 조성을 시작했다. 계획 속에는 관리사무소, 취사장, 급수시설, 숙박시설이 될 복합 산막, 소형 산막, 야외교실, 자연관찰원, 산책로, 사계절 썰매장 등 휴양에 필요한 각종 시설이 들어 있었다.

중앙고속도로 풍기IC와 국도 5호선과 인접해 있어서 외래 관광객들을 유치하기에 더없이 유리한 조건이기도 했다. 건너편의 온천과 함께 점차 옥녀봉 스키장과 골프장을 만들어 부석사 소수서원, 선비촌과 함께 관광벨트를 만들 거대한 구상이 마음속에 그려져 있었다. 21세기형 국민 휴양지로 만들어보겠다는 포부로 부풀어 있던 시

옥녀봉 자연휴양림에서

절이었다.

비록 그 구상을 다 실현하지 못하고 시장직에서 물러났지만 지금 그 자리에 세워진 국립산림치유원을 보노라면 옥녀봉 휴양림이 그 뿌리가 된 것 같아 위안이 되고 뿌듯한 생각도 든다.

경륜훈련원이 오기까지

돌이켜 보면 쉽게 되는 일은 아무것도 없었다. 일이 성사되는 과정에는 예기치 못한 난관이나 장애물이 숨어 있거나 돌출되기 일쑤였다. 그럴 때마다 스스로 다짐하곤 했다.

'포기하지 말자. 모든 게 사람이 하는 일이다. 최대한 나를 낮추고 신심을 가지고 끈질기게 설득하다 보면 해결책이 나온다. 진심과 성실, 겸손이 전략이다.'

어떤 일의 성과라는 것은 그렇게 끝없는 도전과 설득의 결과물이었다.

경륜훈련원의 영주 유치도 그랬다. 잠실에 있던 경륜훈련장이 지방으로 이전하는데 경기도 광주가 유력한 후보지라는 정보를 입수했다. 두드리면 열릴 수도 있다는 믿음으로 유치 신청서를 들고 체육진흥공사를 뻔질나게 드나들었다.

"체구도 굵은 사람이 땀을 뻘뻘 흘리면서 저렇게 매달리는 게 안쓰럽네. 까짓것 해줘버리고 말까?"

뒷날 체육진흥공단 직원들 사이에서 오간 말이었다는 소리를 들었다. 어쨌든 영주가 이전 후보지로 부상하기 시작했다. 그 당시 공단 이사장으로 있던 영주 출신 박창규 씨의 도움도 컸다.

그러나 예기치 못한 복병이 나타났다. 김대중 정권으로 바뀌면서 체육진흥공단 내부의 반란으로 이사장이 교체되고 영주 유치도 백지화되었다는 정보가 들어왔다. 새로 선임된 이사장의 편파적 판단이 한몫한 것 같은 느낌이었다. 그러던 어느 날, 체육공단을 드나들면서 친분을 쌓았던 총무과장으로부터 다급한 전화가 왔다. 오늘 당장 후보지의 적합성을 심사하는 실사단이 영주로 내려온다는 것이었다. 영주 유치 무효화를 위한 명분 쌓기를 위한 실사단의 파견이었다.

위기의 순간이었다. 아껴두었던 카드를 쓰는 수밖에 없었다. 당시 김대중 정부의 김중권 대통령비서실장에게 전화를 넣어 상황을 설명하고 도움을 구했다. 김중권 실장은 국회 시절부터 서로 끈끈한 인간적 유대관계를 쌓아온 터라

경륜훈련원

KT&G의 영주 유치 등 중요한 순간에 많은 도움을 주었다.

실사단이 서울에서 영주로 내려오는 시간에 나는 서울로 향했다. 평소 만나주지도 않던 체육공단의 새로 선임된 이 사장이 현관문 앞까지 나와 나를 기다리고 있었다. 그것만으로도 영주 유치가 가능하다는 암시였다.

어숙묘가 가까이 있다는 이유로 문화재위원회의 부결이 있어 재심 요청을 하고 심사위원들을 일일이 찾아다니며 설득해 조건부 승인을 받는 복잡다단한 과정까지 거치며 경륜훈련원이 영주에 오게 되었다.

일자리를 만드는 게 모든 것이다

우리 지역 같은 지방 중소 도시가 직면하고 있는 가장 큰 위기가 인구 소멸이다. 저출산 노령화도 한 원인이기도 하지만 사람과 산업과 기관들이 수도권으로 집중되면서 지방은 인구 소멸의 위기를 맞고 있다. 벚꽃 피는 순서대로 지역의 인구 소멸이 닥칠 거라고 예언하는 이들도 있다. 서울에서 멀어질수록 위기지수가 높아진다는 말이겠다. 그런 위기에서 벗어나기 위해서는 밖으로 눈을 돌려 기업과 기관들을 유치할 수 있는 인프라를 만들고 공격적인 유치 전략을 세워야 한다.

동양 최대의 연초 제조 공장인 KT&G나 노벨리스코리아 같은 기업들이 지금 영주의 고용증대와 세수 확충에 기여

KT&G

하는 바가 잘 말해주고 있다. 정치생명에 닥치게 될 위험을 감수하면서 민주당에 입당해 KT&G의 영주 유치를 끌어낸 것이나 숱한 난제들에도 불구하고 노벨리스코리아의 전신인 대한전선 삼양금속을 영주로 가져와야 했던 것도 그게 미래 영주의 살길이라는 절박한 이유 때문이었다. 선비촌, 영주온천 등 관광 인프라 확충과 축산기술연구소 등 많은 기관의 유치 또한 같은 맥락에서 이루어진 것이었다.

대한전선이 캐나다 자본인 알칸대한으로 합작해 새롭게 출범하던 날이 떠오른다. 출범식에 참석한다고 외투도 없이 양복만 입고 참석했는데 출범식이 열린 공장 안이 너무 추워서 벌벌 떨었던 기억이 난다. 식이 끝나고 리셉션이 열리는 소백호텔까지 버스로 이동하게 되어 있었다. 내가 그룹 부회장에게 시청 차로 모시겠다는 제안을 했더니 고사하면서 주한 캐나다 대사에게 양보했다. 대사를 호텔로 모시고 리셉션이 끝나고 떠날 때까지 멀리서 온 손님들을 따라다니며 불편함이 없도록 배려해 주었다.

회사 관계자들이 며칠 뒤 시청을 방문해 말했다.

"다른 데 가면 시장님들은 식만 끝나면 바로 가버리는데 영주시장님은 끝까지 자리를 뜨지 않고 극진히 배려를 해주셔서 너무 감명받았습니다. 저희가 시를 위해 뭐 해드릴 게 없겠습니까? 소방차를 한 대 사드릴까요? 장학금을 마련해 드릴까요?"

내가 말했다.

"소방차도 장학금도 필요 없습니다. 정 뭘 해주시고 싶으면 그룹 본사를 영주로 옮겨주십시오."

그가 단박에 난색을 보였다.

"에이, 그건 안 됩니다. 저희 그룹 공장이 7, 8개국에 열다섯 개나 있는데 본사를 영주로 옮긴다는 건 말이 안 됩니다. 다른 걸로 부탁하십시오."

"다른 거는 우리도 안 됩니다."

오랜 실랑이 끝에 결국은 본사가 영주로 옮겨 왔다. 말도 안 되는 걸 되게 만드는 게 진심을 다해 사람을 대함으로써 감동을 주는 것이다.

중소기업들이 좋은 환경에서 기업을 경영하며 키워나갈 수 있는 농공단지들의 조성도 중요한 일이었다. 휴천동을 비롯해 적서, 장수, 문수 등에 부지를 조성해 농공단지를 만들었다. 당시 인구와 면적 대비 영주가 가장 많은 농공단지를 보유한 곳이 되었다. 지금도 그 단지 내의 많은 알찬

노벨리스코리아

기업들이 지역민들을 고용해 착실히 회사를 키워가고 있다. 지금은 세계적인 기업으로 발돋움한 SK머티리얼즈도 가흥농공단지에서 시작한 작은 기업 소디프가 그 시작이었다. 신물질 개발로 크게 회사를 키우고 주식을 대기업에 양도하고 제주도로 간 소디프의 이영균 회장은 지금까지도 그때 처음 기업을 시작하면서 경영에 편의를 봐준 인연을 잊지 않고 전화를 하거나 찾아주곤 한다.

귀농 귀촌을 유도하거나 각종 복지정책, 문화시설 확충, 관광 인프라 사업 등을 위해 각 지자체가 많은 노력을 기울이고 있지만, 무엇보다 지역 인구의 소멸을 막는 가장 좋은 방법은 기관들과 기업들을 유치해 많은 양질의 일자리를 만드는 것이라고 생각한다.

기자가 만난 김진영 前 영주시장

'선비의 고장' 탄생시킨 참 일꾼

"내가 유치하고 만들어놓은 곳을 둘러볼 때 무한한 보람을 느낍니다."

한평생 지역발전을 위한 삶을 살아온 김진영(84) 전 영주시장, '선비의 도시' 영주를 이끌어온 큰 어른이자 참일꾼으로 존경받고 있다.

권위주의를 내려놓고 일을 찾아 발로 뛰는 성실함의 주인공이다. 자신의 공을 남에게 자랑하는 법도 없다. 항상 합리적이고 객관적인 소신을 펴 주위 신망도 두텁다. 그의 재산은 정직과 성실, 청렴이다. 팔십 평생의 인생 여정은 한 편의 드라마다. 작은 집 짓고 농장이나 하는 소박한 꿈을 꾸던 소년에서 축협 조합장과 국회의원, 영주시장으로 변신을 시도한 성공 신화를 썼다.

1964년 서울대 농대를 졸업한 그는 고향 영주로 귀농해 미국산 젖소 두 마리로 축산인의 꿈을 꿨고 양계와 양돈, 한우 사육으로 꿈을 확장하면서 선친의 허락을 받지 못해 꿈을 접어야 하는 순간도 있었다. 축산협동조합 직원으로 취직해 1년간 봉급쟁이 생활도 했지만 결국 그의 도전 정신은 그가 살던 마을, 상망동을 축산단지로 탈바꿈시키는 데 성공했다. 그런 공로로 박정희 대통령으로부터 청소년 육성 표창을 수상했고 상망동은 농촌모범마을상을 수상하는 성과를 올리기도 했다.

1976년 그는 축협 조합장에 이름을 올렸다. 12년간 4선 조합장을 지내면서 축협 청사 이전, 조와리 생장물 사업장(한우, 양돈 사육), 문정동 도계장(닭 도살장) 등을 추진, 영주 축협을 도내 최고의 조합으로 우뚝 세웠다. 그는 12년간 조합장을 지내면서 단 한 푼의 월급도 받지 않았고 업무추진비와 판공비, 출퇴근 차량과 유류비 등을 모두 개인 돈으로 충당하는 전무후무한 기록도 세웠다.

김 전 시장은 "당시 이사들이 조합이 사업장을 운영하면 망한다고 반발해 조합장이 모든 것을 책임지는 조건으로 이사회 승인을 받아 사업을 추진했다"면서 "과정은 힘들고 어려웠지만 조합원들과 쌓은 무한 신뢰와 믿음이 결국 성공을 이끌어냈다"고 당시를 회고했다.

기자가 만난 김진영 전 영주시장

이런 희생과 노력은 정치인으로 탈바꿈하는 원동력이 됐다. 그는 1988년 13대 국회의원에 당선됐다. '대한민국 농업을 살려달라'는 농민들의 압도적 지지로 이변을 일으켰다. 그는 활발한 의정 활동으로 영주 지역에 4년제 대학 유치(현 동양대학교)와 중앙고속도로 노선 확정, 대규모 농공단지 조성 등 3대 역점 사업을 해결했다.

또 소수서원 교육관·사료관 신축, 시영아파트 건립, 순흥·단산·부석 저수지 건설, 새마을회관 건립 등 굵직굵직한

숙원 사업을 해결했다. 이 밖에 농업 경쟁력 강화를 위한 다양한 법률 재·개정을 주도했다.

노태우 대통령 동서인 금진호 장관의 공천으로 재선 출마를 포기한 김 전 시장은 3년간 본업인 축산업에 충실했다. 이후 주민들의 추대로 민선시대 첫 영주시장에 무소속으로 출마, 당선되는 또 한 번의 이변을 일으켰다. 재선 영주시장을 지내면서 영주를 '선비의 고장'(특허)으로 각인시켰고, 선비촌 조성과 순흥 역사문화유적권 개발사업, 청소년 수련원, 소수박물관, 풍기온천 개발, 축산기술연구소와 풍기인삼시험장·과수시험장 등 경북도 산하기관을 유치했다. 경륜훈련원 유치, 서천 고수부지 조성, 하수처리장과 쓰레기 매립장 조성, 국립공원사무소 유치, 담배인삼제조창(현 KT&G) 유치 등 지역발전의 초석도 마련했다.

김진영 전 영주시장은 "영주는 한우와 사과, 인삼, 인견 등 명품 특산물과 소수서원과 선비촌, 화엄 종찰 부석사 등 전통문화, 소백산을 중심으로 한 관광자원, 지속 가능한 첨단제조기업, 대학 등이 자리하고 있는 살기 좋은 도시다"라고 자랑했다. (2022년 3월 3일 字 매일신문 마경대 기자)

20년 뒤

2002년의 봄은 뜨거웠다. 우리나라에서 열린 월드컵에서 대한민국의 축구팀이 도저히 승리가 불가능해 보이던 축구 강국들을 차례로 물리치며 붉은악마의 함성이 온 나라를 뒤흔들던 봄이었다. 그 뜨거운 열기 속에서 지방자치 선거가 이루어졌다.

민선 시장 1, 2기를 마치고 3선에 도전하는 선거였다. 돌이켜 보면 그렇게 힘들고 어려운 선거는 없었던 것 같다. 이미 어려운 선거가 될 거라는 예상은 하고 있었지만 마주치게 되는 벽들이 너무 완강했다. 예상했던 대로 KT&G 영주 공장 유치를 위해 민주당에 입당한 일이 발목을 잡았다. 내 이름 앞에 '배신자'라는 끔찍한 말을 붙이는 이들까지 있었다. 지역 정서를 이해는 하고 있었지만 고군분투하고 있는 주변 분들과 선거운동원들의 안쓰러운 모습을 보면 좀 억울한 마음이 들기도 했다.

선거 결과는 낙선이었다. 앞에서도 이야기했지만 나는 정치적 계산도 없이 민주당 입당 원서를 써버린 그 순간을 단 한 번도 후회한 적이 없다. 비록 시민들의 선택을 받지 못했지만 그때나 지금이나 민주당 입당 원서를 쓴 그 순간의 선택이 영주의 미래를 위한 최선의 선택이었다고 믿는다.

그렇게 시청을 나온 후 올해로 꼭 20년이 흘렀다. 축협 조합장으로, 지역구 국회의원으로, 시장으로 농축산인들과 영주시민들을 위해 작은 힘이나마 바쳐 일할 수 있었다는 것은 행운이었고 영광이었다. 아쉬움과 미안함이 남는다면 가족들은 물론이고 가까운 주변 분들을 챙기지 못했다는 것이다. 나를 위해 많은 걸 희생하며 애써주신 분들에게 아무런 득을 드리지 못했다. 공직에 있는 사람은 사사로운 마음을 버려야 한다는 생각 때문이었다.

모든 게 부족했지만, 공직의 삶을 사는 동안 꼭 지키고자 했던 두 가지 원칙이 있었다. 그 하나는 '선공후사先公後私'의 마음이었다. 공직자는 자신의 사사로운 이익보다 공익을 앞세워야 한다. 사사로운 마음을 비워야 좋은 생각도 나오는 것이다. 공익을 위해서라면 일부의 사람들에게 욕을 먹을 걸 두려워해서는 안 된다는 각오를 잊지 않으려고 애썼다. 공무원 수 감축, 민주당 입당 등 많은 일로 욕을 먹기도 했지만 부끄럽지는 않았다. 공적인 이익을 위한 일이었기 때문이다.

이런 일도 있었다. 시장으로 재임할 당시의 일이었다. 내 농장이 있던 상망동이 새로운 도시계획구역으로 지정된다는 소식을 접했다. 혹시나 해서 담당자에게 설계도면을 가져오라고 했더니 아니나 다를까 내 소유의 농장이 그 구역 안에 들어 있었다. 큰일이다 싶어 급히 담당자를 불렀다.

"이건 안 됩니다. 내 농장을 빼고 다시 설계해서 제출하세요."

"저는 시장님 농장이 포함된 것도 모르고 원칙대로 설계했습니다. 어떤 사람이 설계해도 마찬가지일 것입니다. 그리고 벌써 계획안이 도道에까지 올라갔습니다."

"오얏나무 밑에서는 갓끈을 매지 말라는 옛말도 있지 않습니까? 오해를 불러일으킬 소지가 조금이라도 있어서는 안 되지요. 빨리 다시 설계해 주세요."

그렇게 급히 도까지 올라간 설계안을 반려받아 내 농장만 빼고 다시 설계안을 확정 지었다. 공직에 있는 사람은 사익을 추구해서는 안 됨은 물론이고 조그마한 오해의 소지도 불식시켜야 한다는 게 내 신념이었다. 지나쳐 버린 작은 불씨 하나가 모든 행정에 대한 믿음을 흔들어버릴 수 있기 때문이다.

둘째는 '자비존인自卑尊人', 자신을 낮추고 남을 높여주는 것이다. 영주는 선비의 고장이다. 선비정신의 본질을 설파한 주자朱子는 모든 '예禮는 공경과 겸손에서 나온다'고 했다. 자신을 낮추면 아무런 다툼이 없었다. 국회 시절에 배지도 달지 않고 부서를 찾아다닌다거나 시장 재직 시에 비서도 대동하지 않고 관계 부처를 방문해 말단 직원들부터 깍듯이 대하고 존중해 주었다. 그런 마음가짐은 언제나 좋은 결과로 돌아왔다. 나를 낮춰야 남이 나를 높여주는 것이다. 공직 생활을 통해 많은 아쉬움과 미안함이 남지만 부끄러움은 남아 있지 않음을 고백한다. 그 두 가지 원칙이 나를 지켜주었기 때문일 것이다.

시장직에서 물러 나와 벌써 20년이 흘렀다. 우스갯소리로 '팔십이 넘으면 점괘占卦도 안 나온다'는데 내 나이도 벌써 80대 중반으로 넘어가고 있다. 그러나 스스로가 노인이라는 걸 아는 자는 없다고 한다. 신로불심로身老不心老, 몸은 늙어도 마음은 늙지 않는다는 말이겠지만 내가 걸어온 길이 미래세대에게 도움이 되길 바라는 마음을 먹지 않을 만큼은 늙은 것 같기도 하다. 작은 그늘이나마 남을 위해 내어주는 나무 같은 사람으로 남은 생을 살다가 갔으면 하는 바람뿐이다.

오랜 세월 함께해 준 많은 분께 갚을 수 없는 은혜를 입었다.

감사했습니다. 고마웠습니다.